Jérôme Colin

ICH WARTE AUF DICH AM ENDE DER STRASSE

Aus dem Französischen
von Christian Kolb

Atlantik

Die Originalausgabe erschien 2015 unter dem Titel
Éviter les péages bei Allary Éditions, Paris.

Die Arbeit des Übersetzers am vorliegenden Text
wurde vom Deutschen Übersetzerfonds gefördert.

*Atlantik Bücher erscheinen im
Hoffmann und Campe Verlag, Hamburg.*

1. Auflage 2018

www.hoca.de *www.atlantik-verlag.de*
Gesetzt aus der Trump Mediäval LT Std
Druck und Bindung: C. H. Beck, Nördlingen
Printed in Germany
ISBN 978-3-455-60050-6

HOFFMANN
UND CAMPE

Ein Unternehmen der
GANSKE VERLAGSGRUPPE

Stürz dich besser in die Liebe
als die Treppe hinunter.
Ein Freund

Erkenne dich selbst bedeutet:
Verkenne dich! Zerstöre dich!
Um dich zu dem zu machen, der du bist.
Franz Kafka

LÉA

Es war Mai. Ich fuhr durch die Gegend. Die Stadt wirkte wie ausgestorben. Eindeutig kein Abend, an dem man ein gutes Geschäft macht. Ich schaltete das Radio ein, das wieder mal schlechte Nachrichten verbreitete, als ich am Straßenrand einen ausgestreckten Arm sah. Den einer Frau. Sie musste Anfang fünfzig sein. Ich hielt an. »Zur Börse, bitte«, sagte sie sanft und nahm auf der Rückbank Platz. Ich stellte das Radio und seine Schreckensmeldungen ab, wie immer, wenn Kundschaft einsteigt.

»Zur Börse, bitte« waren ihre einzigen Worte. Betreten über mein Schweigen, kramte sie in ihrer Tasche, aus der sie dann doch nichts hervorholte, wandte sich um und starrte auf die Stelle, wo ich sie aufgelesen hatte. Wozu mit einem Unbekannten, den man nie wiedersehen wird, eine Unterhaltung anknüpfen? Und doch habe ich, ob man es glaubt oder nicht, im Taxi die besten Gespräche meines Lebens geführt. Mit Männern und Frauen, deren Namen ich nicht weiß und die ich nicht wiedererkennen würde.

»Entschuldigen Sie mein Schweigen«, sagte sie. »Mir ist soeben klar geworden, dass ich mein Leben vergeudet habe.« Ich wusste nicht, was ich darauf antworten sollte. Ich wollte sie fragen, warum sie so etwas sagte. Doch ich schwieg weiter, Reden überfordert uns manchmal. Ich glaube, sie wollte sich bloß selbst sagen hören: Ich habe mein Leben vergeudet. Ich habe meine Jugendträume nicht verwirklicht. Ich bin vom Weg abgekommen. Ich habe als Erwachsener nicht für die Ideale meiner Jugend gekämpft.

Ich wusste, was sie meinte. Ich wusste es nur zu gut. Ich umklammerte das Lenkrad. In der Ferne erschienen bereits die Lichter der Börse. Ich hielt an. Und dieser Frau, die mir gegenüber offenbart hatte, dass sie ihr Leben verschwendet habe, konnte ich nichts weiter sagen als: »Sechzehn Euro, bitte.« Als würde ich kein Mitleid kennen. Sie nahm das Geld aus ihrem Portemonnaie. Ich hatte ihr nicht einmal gesagt, dass das Leben doch noch nicht vorbei sei, dass es ihr morgen vielleicht besser gehen werde, dass das nur eine vorübergehende Stimmung sei, der sie keine große Beachtung zu schenken brauchte. Nichts hatte ich ihr gesagt, ich machte mich auf zur nächsten Kundschaft. Zum nächsten Schweigen. Zum nächsten einsamen Menschen.

Das ist so eine Marotte von mir. Sobald die Leute aus dem Auto draußen sind, stellt mein Finger wie von selbst das Radio an. Nicht dass ich süchtig wäre nach schlechten Nachrichten. Aber ich kann die Leere nicht mehr ertragen. Als ich – immer noch verwirrt von dieser seltsamen Begegnung – zum zehntausendsten Mal in meinem Leben den kleinen Ring entlangfuhr, erklang im Wagen die Stimme von Alain Bashung. Sein Lied war wie ein Schlag ins Gesicht. *Marcher sur l'eau / Éviter les péages / Jamais souffrir / Juste faire hennir les chevaux du plaisir.* Übers Wasser gehen / Keine Maut zahlen / Niemals leiden / Die Pferde der Lust einfach wiehern lassen. Ich lächelte. Wenn ich das bloß könnte …

Ich habe Bashung live gesehen, im Ancienne Belgique, am 5. Dezember 2005, wenige Monate vor seinem Tod. Auch mein Vater lag damals im Sterben. Er kam auf die Bühne, schwarz gekleidet, eine Mütze ins Gesicht gezogen, um den körperlichen Verfall zu verstecken. Er sang aus tief verwundeter Seele. Und ich zitterte. Sterben würden beide Männer. Daran bestand nicht der geringste Zweifel. Die reinste Ungerechtigkeit. *La nuit, je mens / je prends des trains à travers la plaine …* Es ist Nacht / ich lüge, die Züge rauschen übers Land … Ich hatte Tränen in den Augen. Es ging mir gut. Bashung sang, doch seine Glieder waren steif. Nur seine Hände bewegten sich zur Musik. Und als er nach der letzten Zugabe von der Bühne ging, bevor er zum letzten Mal aus meinem Blickfeld verschwand, winkte er mit beiden Händen ins Publikum. Auch er wusste, dass er uns nie wiedersehen würde. »Behaltet nur die schönen Momente in Erinnerung«, brachte er mit Mühe hervor, wie ein Vater, der seinen Kindern einen wichtigen Rat erteilt. »Behaltet nur die schönen Momente in Erinnerung.« Es war ein ganz besonderes Gefühl, diese Botschaft zu hören. Ich nahm mir vor, sie mir zu bewahren, in Ehren zu halten und immer wieder ins Gedächtnis zu rufen. Um nicht eines Tages zu einem Unbekannten sagen zu müssen, ich habe mein Leben vergeudet.

Bashung trat von der Bühne ab, und ich machte mich auf den Weg. Am 27. Dezember starb mein Vater. Seitdem sind drei Jahre vergangen, und ich habe seinen Tod noch immer nicht verwunden. Nicht die Tatsache, dass er jetzt nicht da ist, macht mich fertig. Sondern die Tatsache, dass er nicht zurückkommen wird.

An einer roten Ampel landete ich wieder in der Gegenwart. Eine Uhr zeigte zwanzig Uhr vierzig an. Ein junger Mann winkte mich heran. Ich gab ihm per Handzeichen zu verstehen, dass ich ihn leider nicht mitnehmen konnte. Als Antwort streckte er mir den Mittelfinger entgegen. Ich hätte anhalten und ihn zusammenstauchen sollen, aber ich ließ ihn stehen. Freitag ist meinen Beobachtungen zufolge, die natürlich keinerlei statistische Aussagekraft haben, der schlimmste Tag. Bei Dienstbeginn weiß ich, dass ich mich mit einer Horde von Arschlöchern herumschlagen werde, die es eilig haben, sich ihren erbärmlichen Vergnügungen hinzugeben. Um den Abend mit Leuten zu verbringen, die sie eigentlich nicht leiden und mit denen sie keine echte Unterhaltung führen können. Aber sie haben es eilig, alle haben es eilig, der Einsamkeit zu entfliehen. In die Stadt zu kommen, in die Kneipen, einzutauchen in die Menschenmenge, Leute kennenzulernen, die große Liebe zu finden. All diese Dinge zu tun, an die wir uns klammern, damit uns das Leben etwas lebenswerter erscheint. Deshalb versuchen wir zu tanzen.

»Können Sie ein bisschen schneller fahren, ich habe es eilig«, das ist der Spruch, der mir schon am frühen Abend den letzten Nerv raubt, doch nachts wird es noch schlimmer. Dann muss ich diejenigen nach Hause bringen, die niemanden abbekommen haben. Diejenigen, die betrunken und müde sind, nachdem sie wieder mal aus der Alltagshölle ausbrechen wollten, und die nun deprimiert sind, da sie gleich wieder allein in ihren vier Wänden sitzen werden. Oder die Pärchen, die es ebenfalls schade finden, dass der Abend vorbei ist, weil sie jetzt in ihre verhasste Wohnung zurück müssen, in der sie sich schon mehrfach halb umgebracht haben. Am Ende der Nacht folgt die harte Rückkehr in die Realität. Die Ernüchterung. Ich mag diesen Moment, wenn das Leben wieder anfängt, seinen gewohnten Gang zu gehen, wenn über den Verkehrsadern der Stadt die Sonne aufgeht, aber es tut mir auch leid für diejenigen, die vergeblich versuchen zu vergessen und die wie ich in der erstarrten Wirklichkeit aufschlagen.

Zweiundzwanzig Uhr. Die Nacht hat sich rasch herabgesenkt. Recht so. Besser die ganze Scheiße auf einmal abkriegen, als sie langsam kommen sehen. Wer wartet, leidet schon. Am Taxistand war ich in Gedanken anderswo und schaute dem Regen im Licht meiner Scheinwerfer zu. Ein Pärchen, das sich unter einen Regenschirm zwängte, kam an mir vorüber. Schön für die beiden. Sie verschwanden in dem vor mir stehenden Taxi. Jetzt stand meines an der Spitze der Schlange.

Taxifahren ist die Hölle. Und gut bezahlt ist es auch nicht. Aber immerhin wird man überhaupt dafür bezahlt. Das ist ja schon mal was. Also rackere ich mich ab. Komme meinen Verpflichtungen nach. Zwinge mich und tue das, was man von mir verlangt: Kohle herbeischaffen, meinen Job erledigen, ein möglichst spießiges Leben führen. Keinen Staub aufwirbeln. Aufstehen, schuften, schlafen gehen. Vielen Dank für Ihre Teilnahme an diesem schönen Tag.

Sei zuverlässig, ehrlich und verantwortungsbewusst. Sei ein anständiger Kerl. Geh kein Risiko ein. Bau keinen Unfall. Fahr bei Grün. Gib dem Wahnsinn keine Chance. Sag nein zu deiner Nachbarin. Folge nicht dem Ruf der weiten Welt. Lebe dein festgefahrenes Leben weiter.

Wie jeder junge Mensch habe ich von einem außergewöhnlichen Schicksal geträumt. Und wie jeder Erwachsene habe ich getan, was man von mir erwartete: immer geradeaus fahren, Mautgebühren zahlen. Ich wollte bei Rot über die Ampeln rauschen, durchgezogene Linien überfahren, gegen Gesetze verstoßen, existieren. Aber in Wirklichkeit war ich vorsichtig geworden. Ich konnte noch so viel träumen, eigentlich hatte ich ein schönes, spießiges Leben. Ein bildschönes, spießiges Leben.

Ein Mann in einer lächerlich großen Anzugjacke umkreiste mit geschwellter Brust den Wagen, in der Hand eine Flasche Fusel. Die Art von Typ, die bei Rot über die Straße geht. Oder für die nichts über einen Roten geht.

»Darf ich einsteigen?«, fragte er. Seine Augen waren glasig.

»Wohin soll's denn gehen?«

»Place de Brouckère. Na komm, bitte. Ich habe auch Geld, versprochen«, sagte er und hielt mir ein Bündel zerknitterter Scheine unter die Nase.

»Okay, steig ein«, sagte ich. Woher kommt eigentlich diese Angewohnheit, Besoffene zu duzen?

»Ich bin ganz allein«, murmelte er. »Ich bin ein Nichts. Und ich habe niemanden. Ich sitze in der Scheiße. Ich möchte die Place de Brouckère sehen. Mein Vater ist tot. Meine

Schwester ist tot. Meine Großmutter ist tot. Ich weiß nicht mal, wo sie begraben liegen. Auf jeden Fall weit weg. Was mit dem Rest der Familie ist, weiß ich nicht. Ich habe ihn nie kennengelernt. Vielleicht sind sie alle tot.«

»Sie sind schwermütig vom Alkohol«, warf ich mit einem Lächeln ein.

»Nein. Ich bin immer schwermütig. Das hat nichts mit dem Alkohol zu tun. Gib nicht dem Alkohol die Schuld. Ich kann das Wort Glück nicht ausstehen. Erinnert mich an Disneyland. Oder an ein Lotteriespiel. ›Oh, ich habe sechs Richtige, packt die Koffer, Kinder, wir fahren in Urlaub!‹ Ich finde das widerlich. Genauso wie ich Filzläuse widerlich finde. Hattest du schon mal so was?«

»Ob ich schon mal Filzläuse hatte?«

»Ja.«

»Nein, werter Herr, ich hatte noch nie Filzläuse«, gab ich zurück und wunderte mich, dass ich auf die Frage antwortete.

»Ach, das ist eine Plage! Ich hatte nämlich schon welche. Jede Menge. Ich habe mir die Eier rasieren müssen. Zu Hause im Badezimmer. Dann habe ich mich auch noch geschnitten. War alles voller Blut. Na ja, aber eigentlich ist das gar nicht so schlimm. Kein Grund, sich 'ne Kugel in den Kopf zu jagen. Nein, ich bringe mich erst um, wenn ich keinen mehr hochkriege. Nein, Quatsch, ich kriege jetzt schon keinen mehr hoch.«

Er betrachtete mich im Rückspiegel und lächelte. Damit ich denke, er habe gelogen. Was haben sie nur schon alles durchstehen müssen, diese Leute, die nicht mehr lügen können?

Zusammengesunken auf der Rückbank, kippte er weiter sein undefinierbares Getränk hinunter, schaute zum Fenster hinaus und verschonte mich dabei nicht mit ein paar besonders scharfsinnigen Bemerkungen.

»Aha, Araber gibt's hier auch?«

Ich musste wohl das Thema wechseln.

»Und sonst so, was macht das Leben?«, fragte ich ihn.

»Was soll denn das sein, das Leben?«

»Na ja, was weiß ich … Morgens aufstehen und Sachen erledigen, bevor man wieder schlafen geht. Das versteht man unter Leben.«

»Dann bin ich nicht am Leben, mein Ziel ist es nicht, wieder schlafen zu gehen … Was heißt es denn, am Leben zu sein? Keine Ahnung. Ich habe das Leben überlebt. Nein, so kann man das auch nicht sagen … ich bin eine lebendige Leiche. *Hey babe, take a walk on the wild side.*«

Er zog eine Mundharmonika aus der Tasche und begann, den Song von Lou Reed zu singen. Also so ungefähr, sein Gesang war ziemlich falsch. Und doch herzzerreißend.

> *She said, hey babe, take a walk on the wild side. I said, hey honey, take a walk on the wild side. And the coloured girl say. Dou dou dou dou dou dou dou dou dou …*

»Aber was bringt das, so ein *walk on the wild side?*«, fragte ich, als er aufgehört hatte zu spielen.

»Das bringt Gefahr!«

»Hätten Sie nicht lieber ein ruhiges und bequemes Leben? So mit schönem Häuschen und Garten?«

»Was soll ich denn mit so einem Leben? Wahrscheinlich

hätte ich dann auch einen Hund, der Basile heißt. Oder Toby? Toby wartet schon auf mich. Und Kinder, die herumschreien. Und eine Frau, die an mir herumnörgelt, weil sie nicht genug geschlafen hat. Nein, was soll ich damit, verdammte Scheiße! Was soll ich mit einer Frau, die nicht ficken will, weil sie ihre Tage hat? Ich mag das, wenn Frauen ihre Tage haben. Das ist geil. Ich mag Frauen, die bluten … So wie ich!«

Als ich vor dem Hôtel Métropole an der Place de Brouckère anhielt, sprang er blitzartig aus dem Wagen, auf der Rückbank blieb seine Flasche zurück. Ich spielte mit dem Gedanken, ihn zu verfolgen. Doch dieser Typ hatte dem Leben schon genug Tribut gezollt, ich brachte es nicht übers Herz, ihm noch etwas abzuverlangen. Er wollte kein bequemes Leben. Mit einem Hund namens Toby. Mit schönem Haus und Garten. Einer liebenswerten Frau. Hübschen Kindern. Und der allerneuesten Waschmaschine. Ich war gerührt von diesem Typen, dem das Kotzen gekommen wäre, wenn ich ihm erzählt hätte, was für ein Leben ich habe. Was für ein schönes Leben. Als ich dann weiterfuhr, dachte ich mir, dass ich eigentlich auch mit Frauen schlafen könnte, die bluten. Wie ich …

Wie jeden Freitagabend kutschierte ich also jede Menge einsamer und kaputter Menschen nach Hause. Die meisten von ihnen sprachen kein Wort mit mir, sondern sahen lieber aus dem Fenster, schauten sich an, was von der Stadt noch übrig war, oder tippten Nachrichten in ihre Smartphones. Ein Mädchen, das ich mitnahm, schrie plötzlich »Anhalten!«, und da sie begriff, dass ich unmöglich halten konnte, öffnete sie das Fenster und kotzte hinaus. Doch ich wurde auch Zeuge einer rührenden Szene. Gegen zwei Uhr morgens sammelte ich im Zentrum ein junges Pärchen auf. Und als mein Blick auf die sich streichelnden Hände fiel, erinnerte ich mich an den Zauber des ersten Verliebtseins. Ich hatte fast vergessen, dass es so etwas gibt …

Nachdem ich um vier Uhr meine Schicht beendet hatte, stieß ich die Tür zu meinem Haus auf. Ich finde, das klingt toll, mein Haus, das gibt mir Struktur, beruhigt mich, beschreibt geradezu meinen Wesenskern. Meine Frau und ich haben dieses hübsche, kleine Gefängnis vor zehn Jahren gekauft. Dreißig Jahre lang müssen wir es abbezahlen. »Hier, Schatz, unser neuer Hausschlüssel. Diesen heimeligen Ort werden wir nun jahrelang herrichten und uns so jedes Wochenende versauen, weißt du? Hier werden wir noch zehn Jahre unsere Kinder aufwachsen sehen, bevor sie ausziehen. Dann werden wir beide dasitzen mit drei Zimmern, die für immer verriegelt bleiben. Hier der Schlüssel zu diesem Paradies, das uns die nächsten dreißig Jahre das Blut aus den Adern saugen wird …« Ob ich wütend bin? Eigentlich nicht …

Als Jugendlicher dachte ich immer, ich bräuchte zum Glücklichsein nur Platten und Bücher. Sonst nichts. Heute habe ich den Eindruck, dass ich gegen meinen Willen zum Chef eines internationalen Konzerns geworden bin, der sich mit einem maßlosen Überangebot herumschlägt: Haus, Waschmaschine, Wäschetrockner, Spülmaschine, Fernseher, Home Cinema, Kaffeemaschine, Computer, Auto, Anhänger, Hund, eine herrliche Polstergarnitur, Waffeleisen,

Küchenmaschine, beschichtete Pfannen, Kühlschrank mit Gefrierfach, eine große Badewanne und ein Garten, um den man sich auch noch kümmern muss. Meine Bücher habe ich aus Platzmangel in Kisten verpackt. Genauso wie meine Platten.

Im Haus war es still. Ich mag diesen Moment. Wenn alle noch schlafen und ich auf Zehenspitzen durchs Haus schleiche. Es ist ein Ritual. Ich ziehe in der Diele die Schuhe aus, gehe auf leisen Sohlen die Zimmer ab und überzeuge mich davon, dass die Menschen, die ich über alles liebe, friedlich schlummern. Ich betrete das Zimmer von Paul, meinem ältesten Sohn. Er schläft wie immer auf dem Rücken. Mit seinen dreizehn Jahren macht er gerade große Veränderungen durch, und trotz aller Konflikte gefällt es mir zu beobachten, wie ein neuer Abschnitt in seinem Leben anbricht. Ich weiß noch, wie ich bei seiner Geburt geweint habe. Wie ich den Kleinen zum ersten Mal in meinen Armen hielt, meine Frau ansah und sagte: »Wie haben wir nur so ein Wunder vollbracht?« Die ersten Zähnchen, die ersten Schritte, die ersten Wörter. Wie er mir mit seinen kleinen Händen das Gesicht zerknautschte und sich an mich drückte, wenn ich ihn ins Bett legte. Das war schön. Das ist lange her.

Aus dem kleinen Jungen ist ein Teenager geworden. Er zerknautscht mir nicht mehr mit den Händen das Gesicht. Und unser Austausch beschränkt sich hauptsächlich auf solche Sachen: »Kann ich einen Mac haben, meine Freunde haben auch alle einen?«, »Ja, ja, ich hab gelernt, mindestens zehn Minuten!«, »Nein, ich hab keinen Bock zu lesen, nur Streber lesen«, »Raus aus meinem Zimmer!«, »Nein, ich komm nicht mit, das ist was für alte Leute«, »Ich zieh mir die Hose hoch, wenn's mir passt«, »Ich spreche so deutlich, wie ich will«, »Hast du mal zwanzig Euro?«, »Was denn? Ich hab vier von zehn Punkten, das ist schon mal besser als zwei von zehn«, »Warum bin ich ausgerechnet in diese Scheißfamilie hineingeboren worden?«

Als ich ihn so betrachtete, musste ich an den Dezembermorgen denken, an dem wir dies wundersame Tier gezeugt haben. Ich schloss die Augen und stellte mir diesen Moment vollkommener Sorglosigkeit genüsslich vor. Den Moment, in dem Léa, ihr Blick in meinem versunken, mich fest am Hinterkopf packte und an ihre Brust zog. In dem ich ein letztes Mal lustvoll stöhnte und dabei eine Samenzelle absonderte, die mir nun dreizehn Jahre später den Zutritt zu ihrem Zimmer verwehrt. Schön war die Zeit …

Im zweiten Stock ist das Zimmer von Antoine, neun Jahre alt, ein wunderbarer Wirbelwind. In seinem Zimmer herrscht ein unglaubliches Chaos, was mich nicht weiter stört, meine Frau jedoch manchmal rasend macht. An den Wänden hängen, mit Reißzwecken befestigt, Dinosaurier und Zeichnungen von Fischen. Am Boden liegt aller möglicher Kram herum, der eigentlich anderswo seinen Platz hätte. In Schränken zum Beispiel. Oder in Schubladen. Er schläft mit nacktem Oberkörper, den Kopf im Kissen vergraben, unter der Bettdecke schauen die Füße raus. Schließlich gehe ich in das Zimmer von Elise, elf Jahre. Ich sitze immer einige Augenblicke neben ihr und betrachte, wie sie schläft. Ich kann es immer noch nicht glauben, dass ich eine Tochter habe. Ein Wunder. Meine Tochter. Sie schmiegt sich an einen riesigen Teddybären. Ich höre ihren langsam gehenden Atem, berühre sanft ihr Haar und gebe ihr einen Kuss auf die Stirn. Zu guter Letzt steige ich die Treppen wieder hinunter, putze mir die Zähne und krieche neben meine Frau ins Bett, das wir seit sechzehn Jahren teilen. Léa schnarchte leise an jenem Morgen. Ihr habe ich keinen Kuss gegeben.

* * *

Taxifahren ist keine Berufung. Als kleiner Junge träumt man nicht davon, sein Leben im Stau zu verbringen. Mit fünfzehn Kilometer pro Stunde dahinzuzuckeln. Vierzig Jahre lang einen Haufen Riesenarschlöcher, die sich immer nur beschweren, wegen des Regens oder der Hitze, wegen des Verkehrs oder weil die Taxifahrt teurer ist, als sie gedacht hatten, durch die Stadt zu kutschieren. Außerdem, und das ist bewiesen, ist der Beruf des Taxifahrers gefährlich. Neben dem erhöhten Hämorrhoidenrisiko, dem Taxifahrer aufgrund ihrer sitzenden Tätigkeit ausgesetzt sind, leiden sie – so belegt es eine Studie – weitaus häufiger an Herz- und Gefäßerkrankungen als der Bevölkerungsdurchschnitt. Dumm gelaufen … Ich bin nämlich Hypochonder. Wenn ich Grippe habe oder ein Kratzen im Hals verspüre, wenn im äußersten Fall meine Scheißhaufen mal etwas lockerer sind, denke ich sofort, es ist Krebs. Niemand versteht mich, man hält mich für einen Spinner, der sich das Leben vergällt, indem er immerzu denkt, dass er bald sterben wird. Ich weiß, es ist lächerlich. Doch meine Dämonen sind einfach stärker. Sobald das eine Symptom verschwindet, taucht das nächste auf. Ich bin achtunddreißig und habe wohl zehn Gehirntumore und den zweiten Hodenkrebs überstanden. Ich hatte auch schon Dickdarmkrebs, Mastdarmkrebs, Rachenkrebs, Zungen- und Rückenmarkkrebs. Es ist lächerlich, ich weiß. Und ich habe ziemliche Angst, dass die Lächerlichkeit mich eines Tages noch umbringt. Meine beiden Großväter sind an Krebs gestorben. Mein Vater auch. Warum also sollte ich nicht auch daran sterben?

Aber mit achtunddreißig ist das Leben noch nicht zu Ende. Ich habe ein paar graue Haare bekommen. Der Ausdruck meiner Augen ist nicht mehr ganz so lebhaft wie früher. Die Haut nicht mehr so straff. Aber ich fühle mich noch jung. Ich komme beim Treppensteigen nicht so schnell außer Atem, kriege ohne größere Probleme einen Ständer. Ich bin ein großer Junge, ein Meter achtzig. Und doch leide ich.

Bevor ich an jenem Morgen meine Kraft zusammennahm, um hinunterzugehen und mich meiner Familie zu stellen, unterzog ich mich der üblichen Kontrolle. Am Kopf konnte ich keine Anormalitäten feststellen, nur hinten gab es eine Stelle, wo es wehtat, wenn ich drückte. Der Schmerz strahlte vom Hals ab, wahrscheinlich die Nerven. Mit den Armen war alles in Ordnung, abgesehen davon, dass sie gelegentlich zitterten. Die Hände funktionierten, sie kamen mir nur etwas rot vor. Der Rücken schmerzte überall, vor allem rechts unten. Ich habe eine Untersuchung durchführen lassen, nachdem vor einigen Monaten eine kleine Fettgeschwulst entdeckt worden war (die ich für einen Tumor gehalten hatte). Mit meinem Schwanz war auch alles in Ordnung (also im Augenblick, denn ab und zu bereitete er mir ein wenig Sorgen). Auch an den Beinen konnte ich nichts

Auffälliges feststellen. Derzeit machen mir vor allem die ersten zwei Stunden nach dem Aufwachen Probleme: Die Bronchien sind verschleimt, ich habe Schluckbeschwerden, ich bin eigentlich mit nichts anderem als Schlucken beschäftigt und registriere, es klappt einfach nicht so gut. Ein unaufhaltsamer Prozess, der meine Ängste schürt.

In langen Nächten, die ich damit zubrachte, in mich hineinzuhorchen, wunderte ich mich darüber, wie viel die Namen mancher Knochen und Organe doch besagen. Die Milz zum Beispiel heißt auf Englisch *spleen.* Melancholie. Und an der linken Hand gibt es so einen Knochen, der musterhaft für meine Gebrechen steht: das Kahnbein. Lateinisch *os naviculare.* Ein Handwurzelknochen, der seit über zehn Jahren ständig schmerzt. Naviculare. Von *navicula,* kleiner Kahn. Der Kahn, der den Weg vorgibt. Und wohin nun? Mich schmerzt die Melancholie. Mich schmerzt der Weg, den ich gehe.

Drei Kinder in vier Jahren. Da hätten wir doch ahnen können, dass wir da nicht heil herauskommen würden. Die kleinen Biester haben nämlich die Gabe, einem einen Rhythmus aufzuzwingen, der wider die Natur ist. Meine Frau steht um sechs Uhr dreißig auf. Um sieben ist sie aus dem Haus. Das heißt, die Frühschicht obliegt meiner Verantwortung; da ich aber erst vor wenigen Stunden von der Arbeit nach Hause gekommen bin, bin ich total am Ende. Egal, an den Schlafmangel gewöhnt man sich irgendwann. Das Programm: duschen, frühstücken, Zähne putzen, erste Meinungsverschiedenheiten unter den Kindern. Das Ganze folgt der immer gleichen Logik. Die Kinder sollen sich anziehen, bevor sie ins Wohnzimmer runtergehen. Das Problem ist nun, der Kleine ist zwar bereit sich anzuziehen, doch er wehrt sich gegen die Socken und Schuhe, weil die angeblich »kratzen«. Jeder Tag beginnt also mit der gleichen mühseligen Auseinandersetzung. »Zieh deine Socken an.« – »Nein, das kratzt.« – »Zieh deine Socken an, sonst kriegst du kein Frühstück.« Das sind wahre Vaterfreuden. Und so dauert es immer eine halbe Ewigkeit, bis er seine verdammten Socken anhat, wir verlieren damit Zeit ohne Ende und haben kaum noch welche für ein gemütliches Frühstück. Die zwei Großen bekommen es locker hin, doch dem Kleinen (also Monsieur Socke) bleibt nur wenig Zeit. Das führt jeden Tag zur zweiten Auseinandersetzung. »Ich will aber noch ein drittes Brot.« – »Wir müssen jetzt in die Schule.« – »Oh Mann, ich hab nie Zeit zum Frühstücken.« – »Wenn du gelernt hast, deine Socken anzuziehen, wirst du Zeit zum Frühstücken haben.«

Meine Frau und ich haben uns wahnsinnig geliebt. Wir glaubten sogar, unsere Liebe würde ewig halten, das will was heißen. Wir lieben uns immer noch, denke ich. Im Großen und Ganzen. Wenn die Sterne gut stehen. Wir sind am selben Tag geboren, am 30. Januar 1974. Wir sind astrologische Zwillinge, und unsere Kinder müssten daher, laut kosmischem Gesetz, Genies sein. Was jetzt mit bloßem Auge noch nicht zu erkennen ist, das muss man klar sagen. Vor sechzehn Jahren sind wir uns begegnet. In dem Jahr, in dem *To Bring You My Love* von PJ Harvey, *The Bends* von Radiohead und *Fight For Your Mind* von Ben Harper rauskamen. Ich habe sie zufällig an einem Samstagabend in einer Kneipe kennengelernt. Ich weiß noch, wie ich diese nicht sonderlich galanten Sätze zu ihr gesagt habe: »Hey Léa, du bist ganz allein. Ich auch. Wir können ein bisschen Zeit zusammen verbringen, wenn du magst. Na, komm …« Sie hat nicht sofort reagiert, und ich stand da wie ein Idiot. Doch eine Woche später haben wir uns wieder zufällig getroffen. Sie kam auf mich zu und küsste mich auf den Mund. Das war der Anfang eines ganzen Lebens. Wenn ich heute an das zurückdenke, was ich damals zu ihr gesagt habe, muss ich lächeln. »Hey Léa, wir können ein bisschen Zeit zusammen verbringen, wenn du magst. Na, komm …« Ich hätte auch sagen können: »Hey Léa, wir können sechzehn Jahre zusammen verbringen, drei Kinder machen, uns verschulden, du darfst mich anschnauzen, weil ich die Messer ins Gabelfach getan hab, du kannst für mich da sein, wenn mein Vater stirbt, der dir genauso viel bedeuten wird wie mir, und ich werde für dich da sein, wenn deiner stirbt. Wenn du magst …«

Léa war meine Rettung. Das meine ich ernst. Brünett, an der rechten Schulter ein Tattoo, dezente Sommersprossen, klare blaue Augen, apfelförmige Brüste. Ein Lächeln, das das Verlangen weckt, jeden Abend neben ihr einzuschlafen. Ich habe mich in sie verliebt, ohne es zu merken. Es hat sich einfach so ergeben. Heute ist sie Mutter, also das, was man sich unter einer Mutter vorstellt. Die sich für ihre Kinder total aufopfert. Mich liebt sie auch immer noch, glaube ich. Zärtlich und mit der stillen Macht der Gewohnheit.

Drei Monate nach unserem ersten Kuss sind wir in eine gemütliche kleine Wohnung am Waldrand gezogen. Wir waren beide noch Studenten. Wir bildeten eine nichteheliche Lebensgemeinschaft. Wir kochten selten. Wir bumsten nicht schlecht. Das dreckige Geschirr lag lange in der Spüle herum. Wir waren glücklich. Dann kam das Ende des Studiums und damit die Aussicht auf eine etwas größere Wohnung. Eines schönen Morgens, als ich aufwachte, wusste ich noch nicht, dass dieser Tag mein ganzes Leben verändern würde.

»Ich bin schwanger.«

»Scheiße.« Ich glaube, das war alles, was mir durch den Kopf ging. Der Gedanke, mich fortzupflanzen, hatte mich nie gestreift.

Also fing ich an, Geld zu verdienen. Die Taxifahrerei war nicht vorgesehen. Aber nach meinem Journalismus-Studium war ich in eine Sackgasse geraten. Bewerbungsschreiben, Lebensläufe, Absagen. Das Baby war unterwegs, ich brauchte einen Job. Und ich nahm den erstbesten. Dann ist passiert, was immer passiert. Wer einmal am Steuer sitzt, hält nicht mehr an, dreht sich nicht mehr um und fragt auch nicht mehr: »Ist das wirklich das, was ich wollte?« Man macht eben seine Arbeit. Schon verrückt, wie anpassungsfähig der Mensch ist. Wie bringt man bloß jemanden dazu, einen derartigen Vertrag zu unterschreiben: »Sie arbeiten jeden Tag elf Stunden und bekommen dafür am Monatsende tausendzweihundert Euro, wovon Sie Ihre Miete und ein paar Rechnungen bezahlen können und sich ansonsten fragen, wie Sie den nächsten Monat überstehen sollen.«

Taxifahren ist mein Beruf geworden. Und irgendwann habe ich Geschmack an der Sache gefunden. Mit der Zeit ist mir aufgefallen, dass ich sowohl das Alleinsein mag als auch die flüchtigen Begegnungen, die diese Arbeit mit sich bringt. Wenn ich durchrechne, dürften in den letzten dreizehn Jahren wohl an die fünfzigtausend Menschen auf meiner Rückbank Platz genommen haben. Glückliche und unglückliche. Schöne und hässliche. Schweigsame und geschwätzige. Manche geben etwas von sich selbst preis. Gemeinsam legen wir ein Stück Weg zurück, so kurz dieser Weg auch sein mag. Die Leute bezahlen. Sie dürfen sich gehen lassen. Ich fahre sie, wohin sie wollen.

Henry

Und dann kam es zu dieser Begegnung. An einem Freitagabend im September. Um zwanzig Uhr dreißig. Ein leichter Nieselregen fiel auf die Stadt. Am Straßenrand sah ich einen Mann, der sich eine Zigarette anzündete, und ich wunderte mich, wie jemand bei dem Wetter nur Leinenhose und Hawaiihemd tragen konnte. Er hob den Arm.

»Wohin soll's gehen?«

»Rue des Hortensias 3.«

»Steigen Sie ein. Die Fahrt dauert ungefähr zwanzig Minuten.«

»Ausgezeichnet, dann liege ich ja gut in der Zeit«, sagte er und warf seine Kippe in den Rinnstein.

Sein Gesicht war gezeichnet wie das jener Männer, die bereits alles im Leben erlebt haben, er steuerte gefährlich auf die sechzig zu, seine Stimme war rau, die Haare nach hinten geklatscht, der Dreitagebart grau, die Lippen schmal, die Hände riesig, die Augen müde. In der hohlen Hand hielt er ein Feuerzeug, jederzeit bereit, sich eine neue Kippe anzuzünden.

Er setzte sich nach hinten. Während ich den Rückspiegel so einstellte, dass ich ihn im Auge hatte, spielte er unruhig mit dem Feuerzeug und schaute mehrmals auf die Uhr. Die Gehwege, die Leute, die Lichter der Stadt, all das betrachtete er eingehend, als sähe er es zum ersten Mal.

»Ist das nicht komisch, dass Sie bei dem Wetter mit kurzen Ärmeln unterwegs sind?«

»Lass ich mich darüber aus, wie Sie angezogen sind? Wenn ich ein Hawaiihemd anziehen will, zieh ich ein Hawaiihemd an«, sagte er monoton.

»Ich rede ja nicht vom Hawaiihemd, sondern von den kurzen Ärmeln.«

Er erwiderte nichts und wandte sich wieder dem Treiben der Straße zu. Nachdem der erste Gedankenaustausch nicht besonders fruchtbar gewesen war, beschloss ich, den Mund zu halten und ihn schweigend ans Ziel zu bringen. Ich hatte nur aus Höflichkeit das Wort ergriffen. In Wirklichkeit kümmerte mich sein Hawaiihemd einen Dreck. Genauso wie mich dieser Mann einen Dreck kümmerte, den ich nie zuvor gesehen hatte und den ich nie wiedersehen würde.

Als ich wenige Minuten später in die Rue des Hortensias einbog, deutete er mit seinem fetten Finger auf das Schild einer schäbigen Kneipe.

»Hier ist es«, sagte er. »Sie können ein Stück davor halten.«

Sein starrer Blick war auf mich gerichtet, während ich den Wagen parkte, den Taxameter drückte und ihn zum Zahlen aufforderte.

»Achtzehn Euro«, meinte ich.

Er sagte nichts, sondern sah mich eindringlich an.

»Könnten Sie sich vorstellen, mich jeden Freitag, Samstag und Sonntag immer zur gleichen Zeit bei mir zu Hause abzuholen und hierherzufahren?«

»Äh, weiß nicht«, antwortete ich etwas überrascht. »Ich habe eigentlich keine Stammkunden ... Kann sein, dass ich gerade am anderen Ende der Stadt bin und es mir nicht passt.«

»Darum geht's nicht. Die Frage ist: Würden Sie's machen? Mich dreimal die Woche hierherfahren. Ja oder nein? Ich biete dreißig Euro statt achtzehn für jede Fahrt. Interessiert Sie mein Angebot?«

»Okay«, sagte ich, ohne so recht zu begreifen, warum ich mich darauf einließ.

Er steckte sich eine neue Kippe an. Ich gab ihm meine Telefonnummer, er gab mir seine und wiederholte die Spielregeln: freitags, samstags und sonntags am Boulevard Anspach, auf Höhe der Hausnummer 1243. Er würde dort um zwanzig Uhr neunundzwanzig stehen. Und ich würde ihn hierherfahren, in die Rue des Hortensias Nummer 3. Wir verabredeten uns für den nächsten Tag.

»Soll ich Sie auch wieder zurückbringen?«

»Nein, nein«, sagte er und wich dabei zum ersten Mal meinem Blick aus. »Zurück komme ich allein ...«

Er stieg aus meinem Auto aus, stopfte sich meine Nummer in die Tasche und verschwand in der Spelunke. Auf die Hauswand hatte jemand geschrieben: »Der Himmel ist mir zu weit, die Erde zu nah, aber die Kneipe liegt auf meinem Weg.« Ich lächelte. Dann machte ich mich wieder auf ins Getümmel der Straße und hielt Ausschau nach frischer Beute.

Im Laufe der Wochen entwickelten sich die Verabredungen mit Henry zu einer angenehmen Gewohnheit. Ich freute mich darauf, am Freitag seine Gestalt am Straßenrand zu erblicken. Es war an sich nichts Außergewöhnliches daran, einen alten Saufbold abzuholen und ihn in eine Kneipe am anderen Ende der Stadt zu fahren. Und doch sehnte ich die Freitage ungeduldig herbei. Mir war dieser Mann nicht bloß sympathisch, er hatte auch meine Neugier geweckt: Man lässt sich nicht dreimal in der Woche immer zur selben Zeit durch die ganze Stadt kutschieren, nur um sich volllaufen zu lassen.

Zwei Monate nach unserer ersten Begegnung war Henry nicht zu sehen, als ich am Boulevard Anspach auf Höhe der Hausnummer 1243 eintraf. Ich hielt an und schaltete das Radio ein, wo ein altes Lied von Bob Dylan lief, *Silvio.* Dylan sang mit näselnder Stimme: *I can tell you fancy / I can tell you plain / You give something up for everything you gain / Since every pleasure's got an edge of pain / Pay for your ticket and don't complain.* Ich wollte Henry schon anrufen, da erkannte ich in der Ferne seine Umrisse. Schlurfend bewegte er sich über die viereckigen Gehwegplatten. Er gab mir schwerfällig ein Handzeichen und blieb dann unvermittelt stehen, in Erwartung, dass ich direkt vor ihm halten würde.

»Auf ins Schlaraffenland«, grölte er und ließ sich auf die Rückbank fallen. Schon vor dem Zieleinlauf betrunken.

Nachdem er die Tür zu dem Lokal aufgestoßen hatte, machte ich wieder das Radio an. Einundzwanzig Uhr. Flugzeugabsturz in Russland. Der Journalist gab an, unter den hundertzweiundzwanzig Opfern würden sich hundertzehn Russen, vier Spanier und acht Deutsche befinden. War das wirklich eine nützliche Information? Sollte mir der Tod von zehn Senegalesen weniger Kummer bereiten als der von drei Belgiern? Während ich die Sender auf der Suche nach einem guten Lied durchging, stellte ich innerlich eine Liste meiner Lieblingssongs auf.

Loser von Beck, *Soldier On* von Richard Hawley, *Lover You Should've Come Over*-Chords von Jeff Buckley, *Tom Traubert's Blues* von Tom Waits, *Mon vieux* von Daniel Guichard. Ich weiß, das ist ein elendes Scheißlied, aber es berührt mich immer wieder, Punkt. Aus. Ende. *Famous Blue Raincoat* von Leonard Cohen, *Waiting On An Angel* von Ben Harper, *Waltz #2* von Elliott Smith, *Osez Joséphine* von Bashung, *Wake Up In New York* von Craig Armstrong, *J'arrive* von Jacques Brel, *Cheek To Cheek* von Louis Armstrong …

Lieder, die so gut wie gar nicht mehr im Radio laufen. Ihre Zeit ist vorbei. Die Meinungsforschung hat diese Künstler unschädlich gemacht und zieht ein Häuflein anderer vor, deren hauptsächliches Bestreben es zu sein scheint, ja nicht aufzufallen. Alle müssen heutzutage die gleiche Musik hören. Das hat doch etwas Beruhigendes. Wer wie ich in Belgien mit dem öffentlich-rechtlichen Radio groß geworden ist, hat sich eine Leidenschaft für die Musik bewahrt, die wehtun kann. Die Zwanzig-Uhr-Andacht hieß »Rock à gogo«. Für meine Eltern war es daher kein Problem, mich ins Bett zu bringen. Um neunzehn Uhr achtundfünfzig stand ich bereit. Unter meinem Kopfkissen hatte ich ein kleines Radiogerät. Gleich nach den Nachrichten würden gleichmäßig wummernde Bässe erklingen. Die zweistündige Messe konnte beginnen. Damals habe ich verstanden, dass Musik von allen Künsten die größte ist. Dass sie imstande ist, ein Leben zu verändern. Dass man auch bei Rot über die Ampel fahren kann. Dass Liebe schön und gefährlich ist. Dass man nein sagen darf. All das habe ich verstanden. Auch wenn ich nicht danach gelebt habe.

Marie

Und dann kam es zu einer weiteren Begegnung. An einem Sonntagabend, ich hatte gerade jemanden beim Kino an der Place de Brouckère abgesetzt, rief mein Freund Benjamin an und brachte meine Pläne durcheinander. Man braucht solche Freunde. »Komm zum Flagey«, meinte er, »ich bin da mit einer Freundin, und wir trinken was.« Es war alles wie immer. Erst schlug ich das Angebot aus, um es dann doch anzunehmen. Denn ich hatte große Lust, während der Arbeitszeit ein Bierchen zu zischen, obwohl es ja eigentlich nicht meiner Natur entspricht. Benjamin saß zusammen mit einigen Frauen an einem Tisch. Die ihm gegenüber musste diejenige sein, auf die er es abgesehen hatte. Daneben machte ich noch ein paar Täubchen aus, die an ihren Weißweinen nippten. Eine von ihnen war Marie. Ich grüßte höflich in die Runde. Die Frauen ignorierten mich alle mehr oder minder. Außer Marie, die laut und deutlich Hallo sagte.

Ein verblüffender Moment, wenn sich beim bloßen Anblick einer Frau auf einmal der ganze Körper zusammenzieht. Die Schultern schmerzen, der Schädel brummt, man fühlt sich schwach auf den Beinen. Der Moment, in dem man wie von einer Welle erfasst wird. Man weiß, der Kampf ist verloren, noch ehe er begonnen hat. Dic Kraft der Welle ist zu gewaltig. Sinnlos, sich zu wehren. Man kann sich nur treiben lassen und beten, dass man in der Lage sein wird, wieder aufzustehen, wenn es vorbei ist. Denn diese Kraft wird nicht verebben. Sie hat einen gepackt. Überwältigt.

Ich bestellte was zu trinken. Tauschte ein paar Banalitäten mit Benjamin aus (ich machte mich über die riesigen Zähne seiner neuen Freundin lustig). Marie, die still in einer Ecke saß, schrieb Nachrichten auf ihrem Telefon wie jemand, der verliebt ist. In rasendem Tempo. Ich konnte meinen Blick nicht von ihr abwenden. Von Zeit zu Zeit lächelte sie, nachdem sie eine Mitteilung gelesen hatte, schaute auf zur Decke und überlegte, was sie nun antworten könnte. Der Flirt per SMS birgt durchaus Gefahren. Er erfordert Konzentration und List. Als sie zwischen zwei Nachrichten erneut aufschaute, blickten wir uns tief in die Augen.

Ich hatte sie hier schon öfter gesehen. Sie gehörte zu den Stammgästen. Wir hatten uns immer nur schüchtern angelächelt. Doch wir wussten beide darum ... Sie hatte feines, rötlich blondes Haar, ihre Zähne standen perfekt in einer Reihe, wobei die mittleren Schneidezähne an ein Wunder grenzten, in ihren Mandelaugen das Blau des Mittelmeers, die vollen Lippen zum Anbeißen. Wohlgeformte Schultern, ein anmutiger Hals. Ein Höchstmaß an anatomischer Perfektion. Das Versprechen ewiger Jugend.

Ich war geschlagen. Aber ich ging noch nicht zu Boden. Doch es fehlte nicht viel. Ich musste fort von dieser Frau. Auf der Stelle. Die Kurve kratzen. Denn diese Frau war imstande, mich unglücklich zu machen. Vielleicht auch überglücklich. Aber das war nicht ausschlaggebend. Ich musste mit dem Schlimmsten rechnen, um ihr zu widerstehen. Sie schaute mich immer noch an und lächelte. Diesmal ergab ich mich. Bedingungslos. Sie hatte mich niedergestreckt. Sie brauchte mir nur noch die Hand zu reichen. Was sie dann auch tat.

»Magst du dich setzen?«, fragte sie mit einem triumphierenden Lächeln.

»Nein, ich muss noch arbeiten«, sagte ich und zog dennoch meine Jacke aus. Die Erde bebte. Doch außer uns hatte es niemand bemerkt.

Wir tauschten ein paar Banalitäten aus und lächelten uns etwas dämlich an. Solange bis ich es wagte, sie nach ihrer Telefonnummer zu fragen.

»Wozu brauchst du die?«, meinte sie.

»Weil ich dich demnächst gern mal auf einen Drink einladen würde.«

»Und dazu brauchst du meine Telefonnummer? Du könntest mich auch gleich auf einen Drink einladen.«

Ich hatte also eine Verabredung mit dem hübschesten Mädchen der Welt. Ein Teil meines Lebens ging zu Ende. Und ein neuer Teil begann. *Take a walk on the wild side …*

Tags darauf setzte ich mich in einem Café unter einen von diesen Heizpilzen, die gar nicht richtig heizen. Ich bestellte ein Weizen, zündete mir eine Zigarette an und vertiefte mich in den Kulturteil von *Le Soir.* Ein freundliches und kräftiges Hallo riss mich aus der Lektüre eines Artikels zum zwanzigjährigen Todestag des Sängers Michel Berger. Ich schaute auf und erkannte Marie, ihr strahlendes Lächeln, ihre unwiderstehlichen Zähne, ihre schönen Schultern, ihr rötlich schimmerndes Haar. Sie warf ihre Schachtel Kippen auf den Tisch und lächelte mich weiter an, während sie sich setzte. Wir redeten lange. Über alles oder nichts. Über nichts, um ehrlich zu sein. Wir wussten beide, es war nicht nötig, viel zu sagen. Unsere Blicke hatten das bereits getan.

Sehr rasch fasste ich den Entschluss, die Existenz meiner Frau zu erwähnen.

»Ich weiß, dass du eine Frau hast«, sagte sie.

»Aha, und woher weißt du das?«, gab ich in herausforderndem Ton zurück.

»Weil du mich sonst schon längst angerufen hättest ...«

Das Thema war erledigt.

Ich musste nicht arbeiten an dem Abend. Ein paar Biere später fanden wir uns in ihrer kleinen Dachgeschosswohnung wieder, die ich noch ganz genau vor mir sehe. Ich hatte keine Fluchtgedanken. Es gab einen guten Grund, hier zu sein. Das Zusammentreffen der Körper. Sich berühren, aneinanderstoßen, sich gegenseitig Gutes tun. Ich erinnere mich, wie sie unter meinen Händen erzitterte. Ich erinnere mich an den Geschmack ihrer Küsse, an meine Hände, die um ihre Taille fassten, an ihr vor Verlangen brennendes Geschlecht. Ich erinnere mich, wie meine Hände ihre Brüste, ihren Po, ihre knochigen Schultern streichelten. Und ich erinnere mich, wie ich lange ihr Gesicht streichelte, um mir die Wirklichkeit des Augenblicks zu vergegenwärtigen.

Einige Male verdeckte ich mit der Hand meine Augen, weil ich sie nicht mehr ansehen konnte. Um dann erneut das Glück spüren zu dürfen, sie wieder zu betrachten. Ich erinnere mich, wie mein Mund sich ihrem näherte, an den Anblick unserer ineinander verschlungenen Beine. An ihren Duft, den ich einsog. Ich erinnere mich, im Halbdunkel sah ich sie zum ersten und letzten Mal nackt bis auf den halb heruntergezogenen Slip. Sie lag auf dem Bett und breitete die Arme aus. Ich sagte zu ihr: »Der beste Moment in der Liebe ist, wenn du die Treppe hinaufsteigst.« Sie lächelte. Und ich berauschte mich an ihren leicht geöffneten Lippen, hinter denen ihre weißen Zähne hervorblitzten.

Ich habe mir diese Nacht in allen Einzelheiten eingeprägt. Wohl wissend, dass es keine Wiederholung geben würde. Ich musste diese Augenblicke innerlich festhalten, um sie später wieder durchleben zu können, ich wollte ihre Hände, ihr Geschlecht, ihren Mund, ihren brennenden Körper erneut spüren können. Mich von Zeit zu Zeit in diesen Erinnerungen verlieren, wenn es Nacht wurde.

Natürlich wäre es Wahnsinn gewesen, meine Frau und meine Familie zu verlassen. Ich wäre nur Gefahr gelaufen, mit Marie das Gleiche noch einmal zu erleben. Die gleichen Scherereien wegen der nicht ausgeräumten Spülmaschine, der nicht bezahlten Rechnungen, der nicht gewaschenen Wäsche, der nicht abgestreiften Schuhe, der nicht aufgeräumten Bücher, der nicht richtig angezogenen Kinder, des nicht gewaschenen Autos, des nicht gemähten Rasens, der nicht angenommenen Vaterrolle, des nicht gekochten Essens, der nicht mitgebrachten kleinen Aufmerksamkeit.

Man erstickt irgendwann an einer Beziehung, sie beraubt einen seines Selbst. In einer Beziehung leben heißt, sich in den Dienst der anderen zu stellen und sich selbst zu vergessen. Aufgesogen werden von den Aufgaben, die man zu erfüllen hat, und den Menschen, die es glücklich zu machen gilt.

Trunken von der Liebesnacht, durchdrungen von Zweifeln und schönen Erinnerungen, glücklich und beschämt, kam ich nach Hause. Leise öffnete ich die Tür und machte zum ersten Mal in meinem Leben keinen Abstecher in die Kinderzimmer. Ich zog meine Sachen aus, die ich tief unten im Wäschekorb versteckte. Ich drehte das Wasser leicht auf und seifte mich unter einem warmen Strahl gründlich ein. Schließlich betrat ich das Schlafzimmer und legte mich an den äußersten Rand des Bettes. Ich spürte Léas Hand an meiner Hüfte. Ihre Finger glitten über meine Haut. Ich wusste, ich würde sie nie verlassen.

Das mit Marie musste aufhören. Ich musste so tun, als hätte es diese Nacht, dieses Lächeln, dieses Fieber nicht gegeben. Unsere Affäre sollte einundzwanzig Tage dauern. Wir haben nie wieder miteinander geschlafen. Wir haben telefoniert und uns E-Mails geschrieben. Wir haben uns auf einen Kaffee getroffen und uns dabei Mühe gegeben, uns nicht allzu wohl zusammen zu fühlen. An hell erleuchteten Orten, wo viele Leute waren, um uns jegliche Vertrautheit zu verbieten. Marie verstand sich auf die Kunst der Konversation. Auf die Kunst, Sätze zu betonen. Auf die Kunst, genau im rechten Moment den Blick zu senken. Die Kunst, mir zu gefallen. Wir redeten über sie und über mich. Über Musik. Wir schickten uns per E-Mail die Links zu den

Liedern, die wir mochten, wie Teenager. Lieder von Richard Hawley, Jeff Buckley, Ben Harper, Benjamin Biolay, Leonard Cohen, Étienne Daho (»Es gibt keinen Zufall, es gibt Begegnungen«). Ich war noch einmal dreizehn. Und sie auch.

Einmal saßen wir in einer Kneipe, als sie mich ansah, mich am Handgelenk packte und den Ärmel meines Pullovers bis zum Ellbogen hochschob. Sie ließ langsam zwei Finger meinen Unterarm hinaufwandern und sagte: »Dann spürst du, wie dir auf der Backe etwas krabbelt … / Ein kleiner Kuss, der wie ein dummes Spinnchen zappelt, / Läuft um den Hals ganz dreist … / Und du sagst: ›Such!‹ und beugst mir deinen Kopf entgegen, / – Doch brauchen wir viel Zeit, das Tierchen zu erlegen, / Das dauernd weiterreist …«

»Von wem ist das?«, fragte ich daraufhin.

»Egal. Ich will damit nur sagen, dass ich immer noch Lust habe, mit dir zu spielen.«

Anstelle einer Antwort zog ich lediglich den Ärmel meines Pullovers wieder nach unten.

Ihr Charme überwältigte mich. Ich erstickte an einer Mischung aus Freude, Melancholie und unendlicher Trauer. Sie nahm all meine Gedanken ein. Aber ich kämpfte dagegen an. Nach ungefähr zehn Tagen änderte sich die Lage. Das Wörtchen »vielleicht« kam auf. Und das Wörtchen »eventuell«. Wörter, die den Tod der Liebe ankündigen, die nur die Gewissheit kennt. Wir lächelten nicht mehr ganz so oft. Weinten ein bisschen mehr. Und beschlossen tapfer, uns nicht mehr zu treffen. Es war eine notwendige Entscheidung. Es musste so sein. Und ich erlebte mit achtunddreißig meinen ersten echten Liebeskummer.

Freitag

Einige Monate später ging der Frühling dem Ende zu. Meine Ehe auch. Es war Mitte Juni. Léa und ich hatten den Entschluss gefasst, uns für ein paar Tage zu trennen, um Klarheit darüber zu erlangen, wo wir standen. Es war nicht aus mit uns. Doch all die Verpflichtungen, die ein funktionierendes Familienleben mit sich bringt, hatten unsere Liebe in den Hintergrund gedrängt. Es war so weit gekommen, dass diese Verpflichtungen uns auseinandergetrieben hatten. Wir begrüßten uns am Morgen und verabschiedeten uns am Abend. Dazwischen passierte nicht sonderlich viel. Wir waren wie Flurnachbarn, die das Schlafzimmer teilten. Sonst war nichts übrig geblieben. Außer dem gemeinsamen Dach. Den gemeinsamen Kindern. Und der gemeinsamen Spülmaschine.

Von welchem Zeitpunkt an waren wir uns selbst nicht mehr genug gewesen? Wann hatte es angefangen?

In der Diele stapelte sich das Gepäck. Ich hörte, wie Léa zu den Kindern sagte, sie sollen mitkommen, es gebe ein paar Besorgungen zu erledigen für die Reise. Ich entschied mich, ebenfalls mitzukommen. Kaum saßen wir im Auto, die Kinder hinten, ich auf dem Beifahrersitz, kaum winkten die Freuden eines Supermarktbesuchs, kriegten sich die

Kinder auch schon in die Wolle. Léa sagte nichts, was ganz ihrer Gewohnheit entsprach. Im Radio lief ein übles Lied. Was ganz der Gewohnheit des Radios entsprach. Ich starrte geradeaus und hatte Lust, Leonard Cohen zu hören.

»Wir könnten ein bisschen Musik anmachen«, schlug ich vorsichtig vor.

»Haben wir schon«, sagte Léa und deutete mit dem Finger auf das Autoradio.

»Das kann man doch nicht als Musik bezeichnen«, entgegnete ich mit einem leichten Lächeln, das zur Entspannung der Atmosphäre beitragen sollte.

»Ist dir wohl nicht deprimierend genug«, murmelte sie leise.

Musik und Liebe gehören zusammen, ist meine Meinung. Die Musik ist mehr als jede andere Kunst der Rhythmus der Liebe. Zu *Take My Breath Away* habe ich das erste Mal geküsst. Auf einer Party, wo *Where is My Mind* von den Pixies lief, habe ich mich wahnsinnig verliebt. Den schönsten Kuss meines Lebens habe ich bei einem David-Bowie-Konzert erlebt. Ich habe zu jeder Musik, die ich mag, gevögelt. Ich habe um meine Lieben getrauert, indem ich traurige Lieder gehört habe. Ich habe sogar um meine Lieben getrauert, indem ich fröhliche Lieder gehört habe. Ich habe ganze Hefte vollgeschrieben mit Songtexten, die besser von der Liebe sprachen als ich. Ja, Musik ist für mich der Rhythmus der Liebe. Deshalb ist sie mir so wichtig, das war schon immer so.

Dieses Scheißlied nahm Léa nun zum Anlass, das Thema Musik und Liebe anzusprechen. Sie blickte mich von der

Seite an und sagte: »Komisch, es gibt gar kein Lied, das uns beide verbindet. Weißt du, was ich meine? Ein Lied, das irgendwie unser Lied ist.« Hier, nimm das. Sie hätte mir genauso sagen können, dass zwischen uns nie etwas gewesen war. Dass wir keine gemeinsame Vergangenheit hatten.

Was war mit dieser Radiohead-Platte, die wir monatelang im Bett gehört hatten? Beim siebten Song kamen wir meist zum Orgasmus (wenn wir sehr müde waren, haben wir den ersten übersprungen). Was war mit Portishead? Mit Jeff Buckley? Mit all den Songs, zu denen wir uns in den Armen gelegen hatten? Mit all den Konzerten, bei denen wir uns eng umschlungen hielten? Am liebsten stand ich hinter ihr und legte meine Arme um sie. Nichts war damit. Aus ihrer Sicht gab es kein Lied, das uns beide verband. Eine Wut stieg in mir auf, an der ich fast erstickte. Ich sagte kein Wort mehr.

Während ich Léa und den Kindern auf dem Gang durch den Supermarkt folgte, dachte ich an die äußerst heftigen Auseinandersetzungen der letzten Tage zurück. »Willst du ein neues Leben anfangen? Möchtest du das? Sechzehn Jahre, willst du die einfach so vom Tisch wischen? Sechzehn Jahre! Einfach in die Tonne treten?« Die Kinder hatten begriffen. Nicht alles, aber das Wesentliche hatten sie verstanden. Dass Papa nach ihrer Rückkehr möglicherweise nicht mehr zu Hause wohnen würde.

Auf dem Rückweg hörten wir mein Leonard-Cohen-Album. Wir haben beide im Stillen gelitten. Wie wir es gewohnt waren. Das gehört mit zu den wesentlichen Prinzipien einer Beziehung.

Vierzehn Uhr. Léa kontrollierte ein letztes Mal das Gepäck.

»Ich verstehe nicht, was mit dir los ist. Oder in was für einer Phase du dich gerade befindest. Aber das haut so nicht mehr hin mit uns«, sagte sie und kramte unterdessen in ihrer Brieftasche.

»Was? Was haut nicht mehr hin?«

»Alles«, meinte sie und ließ den Blick durch das Haus schweifen. »Das Leben, das wir führen … Du hast dich verändert.«

»Natürlich verändere ich mich. Ich werde älter. Du auch. Wir verändern uns alle. Und manchmal habe ich Lust, ein neues Leben anzufangen.«

»Na gut, dann geh«, sagte sie trocken.

»Das wollte ich damit nicht sagen. Ich will nicht gehen. Ich sage nur, dass wir ein anderes Leben führen könnten. Ich meine, wir beide zusammen. Mit den Kindern.«

»Aber wenn du die ganze Zeit so ein Gesicht machst?«

»Ich mache nicht die ganze Zeit so ein Gesicht!«

»Aha. Neues Leben … Aber was missfällt dir eigentlich so an unserem alten?«

»Ich weiß nicht genau. Alles, glaube ich. Na ja, fast alles. Das heißt, was mich stört, ist, dass wir uns die meiste Zeit anöden.«

»Also ich habe keine Zeit, mich anzuöden, kann ich dir sagen. Davon könntest du dir eine Scheibe abschneiden. Wenn du hier im Haus ein bisschen mehr machen würdest, würdest du dich nicht anöden, glaub mir.«

»Das wollte ich nicht damit sagen, das weißt du ganz genau …«

»Aber was sollte denn passieren, dass dir unser Leben wieder gefällt? Du verschließt dich vor mir. Du lächelst überhaupt nicht mehr. Überhaupt nichts geht dich mehr was an. Mir kommt's so vor, als würde ich mit einem Stein zusammenleben. Darauf habe ich einfach keine Lust mehr. Ich will einen Mann, der mich anschaut und der mich gern anschaut. Der gern mit mir zusammenlebt. Und nicht nur ein bisschen, sondern richtig gern. Ich hab's satt, mir wie ein Möbelstück vorzukommen. Ich bin deine Frau. Nicht nur deine Gefährtin. Und ich möchte, dass du diesen Unterschied begreifst.«

»Ich begreife diesen Unterschied«, sagte ich.

»Das wäre schön.«

Léa verstand nicht, was in mir vorging. Sie konnte es nicht verstehen. Ein Teil von mir war tot. Ich hatte Angst, möglicherweise die falschen Entscheidungen im Leben getroffen zu haben.

Sie stand auf und griff nach den beiden Taschen, die neben ihrem Stuhl standen. »Ich weiß nicht, was ich sagen soll. Ich weiß nicht mal, ob es noch was zu sagen gibt«, stieß sie hervor. Sie sah mich an, als sähe sie mich zum letzten Mal an, mit flehenden Augen. Und fügte hinzu: »Du musst eine Entscheidung treffen. Triff endlich eine Entscheidung, Herrgott noch mal!« Sie drückte sich fest an mich. Vergrub ihren Kopf an meinem Hals. Als sie ihre Umarmung ein wenig lockerte, sagte ich zu ihr: »Tut mir leid, dass du das alles mit mir durchmachen musst. Wirklich …« Ich meinte es ehrlich.

»In ein paar Tagen bin ich zurück«, sagte sie abschließend. »Nimm dir ein bisschen Zeit für dich. Du brauchst auch nicht anzurufen, wenn du allein sein willst. Ich verlange das nicht von dir. Aber komm zu uns zurück. Wir haben alles, um glücklich zu sein …«

Ich umarmte die Kinder und küsste sie. Mein Großer sagte zu mir: »Das macht nichts, wenn du nicht mitkommen magst, jeder darf frei entscheiden.« Mein Kleiner drückte sich ein wenig fester an mich als sonst. Élise brach an meiner Schulter in Tränen aus. Auch ich weinte. Und wenn ich nun ein Monster war?

Ich machte den Kofferraum zu und schloss Léa in meine Arme. Vielleicht zum letzten Mal. Ich hatte keine Ahnung. Sie erwiderte meinen Kuss und flüsterte mir dann leise ins Ohr, als nehme sie es sich übel, uns diesen Augenblick verderben zu müssen: »Auf dem Tisch liegt ein Zettel für dich. Tut mir leid, aber was da draufsteht, ist wichtig.« Ich winkte ihnen, als das Auto abfuhr. Die Kinder rangen sich ein Lächeln ab. Léa hatte den Blick schon auf die vor ihr liegende Straße gerichtet.

Ich ging zurück ins Haus und entdeckte auf dem Küchentisch ein vollgekritzeltes Blatt. Hatte sie mir einen Brief geschrieben, in dem sie endlich all die Dinge loswurde, die ihr am Herzen lagen und die sie nicht imstande war, mir zu sagen? Und wenn sie das mit Marie wusste? Wie hätte sie es erfahren können? Ahnte sie, dass ich von einer Leidenschaft befallen war, von der ich mich noch nicht erholt hatte? Denn man muss sich erholen von einer Leidenschaft, so wie man sich von einer Krankheit erholt. Jeden Morgen wacht man mit dem Gedanken an eine bestimmte Person auf, die einem nicht aus dem Kopf geht. In Gedanken lebte ich mit Marie, mit ihr schlief ich auch jeden Abend ein. Und mit der Wut darüber, das vielleicht ganz große Wunder meines Lebens nicht gewagt zu haben.

Ich umkreiste das Blatt Papier, fürchtete, etwas darauf zu lesen, wovor ich Angst hatte, etwas, woran ich zerbrechen könnte. Nur Mut. Ich zählte innerlich bis drei, bevor ich meinen Blick endlich auf das Blatt richtete.

»*Sachen, die du erledigen musst:*

- *Ich habe die Waschmaschine eingeschaltet. Kannst du die Wäsche dann einfach in den Trockner tun?*
- *Das Hundefutter steht im Schrank über dem Herd. Gib ihm bloß abends was zu fressen. Ein Drittel von der Fleisch- + ein Drittel von der Gemüsedose.*
- *Räum mal deinen Schreibtisch auf.*
- *Gib Pauls Gitarrenlehrer Bescheid, dass Paul diese Woche nicht kommen kann (habe ich vergessen zu machen).*
- *Die Tabs für die Spülmaschine sind unter der Spüle (für den Fall, dass du es vergessen hast – ich mache nur Spaß!) Schalt die Maschine erst nach 22 Uhr ein, dann ist es billiger.*
- *Ruf deine Mutter an, das hast du schon lange nicht mehr getan …*
- *Und denk auch ein bisschen an mich …*

Léa«

Das Problem mit der Wirklichkeit ist, dass sie nie haltmacht. Der Alltag kennt keine Pause. Keine »Küsschen«, kein »ich freu mich auf dich«, kein »ich denk an dich«, kein Wort über unsere augenblickliche Situation. Auch kein »ich liebe dich«. Nichts. Nur der Versuch, das Familienunternehmen am Laufen zu halten. Keine Gefühle. Wie man eine Liebe in eine To-do-Liste verwandelt. In ein Verzeichnis von zu erledigenden Aufgaben. Mich wunderte das nicht, Léa hatte das Verfassen solcher Listen zur Kunst erhoben. Als wir das Haus auf Vordermann brachten, hatte sie jede Woche eine Aufstellung der Dinge gemacht, die noch zu tun waren: Rigipswand in Pauls Zimmer einziehen, Abwasserbeseitigungsgraben ausheben (links vor dem Haus), Ziegelsteine sauber machen (am Dienstag kommt der Maurer), Wasserleitung für die Dusche installieren, Badewanne montieren, Spanplatten in Antoines Zimmer verlegen, Flurdecke im ersten Stock isolieren. Und diese Liste endete nie. Was bei Männern wie mir ernstzunehmende Panikattacken und einen besorgniserregenden Druck im Solarplexusbereich auslöst.

Jeden Sonntagabend listete sie auf einer schwarzen Tafel in der Küche die Sachen auf, die erledigt werden mussten. Sachen, die erledigt werden müssen. Welche Aufgaben die Kinder zu übernehmen hatten, welche Haushaltspflichten jeder Einzelne zu erfüllen hatte, die totale Haushaltsplanung. Für alles machte sie eine Liste, es gab ständig neue Listen. Wann würden wir uns endlich Zeit zum Nichtstun nehmen?

Ich drehte mich im Kreis. Ein leeres Haus ist seltsam, wenn man die Verwüstung und den unaufhörlichen Krach dreier aufgedrehter Kinder gewohnt ist. Ich holte meinen Computer hervor, ich wollte mich ein bisschen auf sinnlosen

Websites herumtreiben, die Zeit totschlagen und auf andere Gedanken kommen. Sollte ich gehen? Sollte ich bleiben? Wie konnte ich das wissen? Ein eigenartiger Moment, der Moment der Entscheidung. Wo erwartet einen das schöne Leben? Das schönste aller Leben?

Ich legte Schreibblock und Tesafilm auf den Küchentisch. Ich wollte begreifen. Ich musste Listen machen, mein Leben auf Papier fixieren und mich etwas über die Dinge erheben. Ich durfte auch nicht vergessen, einen Strick aufzutreiben. Man weiß ja nie.

Listen schreiben. Eine Familienkrankheit.

Liste 1: Was ich über das Leben heute weiß:

- *Dass es kurz ist. Und dabei doch unglaubliche Längen hat.*
- *Dass es ständig versucht, uns einzulullen.*
- *Ich weiß, dass es schwierig ist, Entscheidungen zu treffen.*
- *Dass die Frauen schön sind.*
- *Dass das höchste Ziel die Liebe ist.*
- *Dass Kinder ein köstliches Gift sind.*
- *Dass man nicht länger als drei Sekunden glücklich sein kann.*
- *Dass es unmöglich ist, nur an eine Sache zu denken (außer beim Orgasmus).*
- *Dass man sich Illusionen hingibt, wenn man nach Erfüllung in der Arbeit sucht.*
- *Dass es unmöglich ist, ein guter Sohn zu sein.*

- *Dass es unmöglich ist, ein guter Vater zu sein.*
- *Dass es unmöglich ist, ein guter Ehemann zu sein.*
- *Dass das Leben trotz allem ein wundervolles Geschenk ist, das man annehmen können muss.*
- *Dass die Lösung so oder so ähnlich lautet: Habe die Kraft zu lieben, die Kraft, verrückt, treulos, mutig und feige zu sein.*

Etwas in dieser Art.

Eigentlich weiß ich gar nichts.

Nicht gerade beruhigend, wenn man bedenkt, dass ich mich schon seit achtunddreißig Jahren mit der Sache herumschlage …

Ich installierte in der Küche ein WLAN-Radio. Um durch die Strahlung die Chance zu erhöhen, mir diese großartige Krankheit namens Krebs einzufangen. Aber gerade wollte ich keine Musik hören. Die Kinder waren weg, ich wollte nur Stille. Stille ist so etwas Seltenes. Ich befestigte meine Liste am Küchentisch.

Ich riss ein weiteres Blatt Papier ab und schrieb:

Liste 2: Warum ich Léa liebe:

- *Weil ich mit ihr mein Leben neu erfunden habe.*
- *Weil sie die Mutter meiner Kinder ist.*
- *Weil sie die schönsten Augen der Welt hat.*
- *Weil sie für mich da war, wenn ich sie gebraucht habe (und ich habe sie oft gebraucht).*
- *Weil sie meinem Vater nah sein konnte, als er im Sterben lag.*

– *Weil sie eine aufmerksame Mutter ist.*
– *Weil ich mich an sie gewöhnt habe.*
– *Weil sie mich nach all den Jahren immer noch erträgt. Eigentlich unvorstellbar.*
– *Weil sie mich liebt, glaube ich zumindest.*
– *Weil ich mich für sie entschieden habe, und weil man mit dem zufrieden sein soll, wofür man sich einmal entschieden hat.*
– *Weil es undenkbar ist, dass ich sechzehn Jahre meines Lebens vergeudet habe.*
– *Weil es mir immer noch gefällt, wie sie mich anschaut.*
– *Weil sie mir Geborgenheit gibt.*

Meine Familie war erst zwei Stunden weg, schon spürte ich die ersten Anzeichen von Langeweile. Ich befestigte die zweite Liste am Tisch. Fein säuberlich. In einer Reihe mit der ersten. Was nicht so recht passte zu mir. Léas Liste legte ich weg. Die Anzeichen von Langeweile täuschten nicht: Ich zündete mir eine Kippe an, schaute zum Fenster raus, zündete mir eine weitere Kippe an, schenkte mir eine Tasse Kaffee ein. Und klappte meinen Computer auf. Das sind sie, die Anzeichen einer quasi tödlichen Langeweile. Ich hatte mir also eine Kippe angezündet, eine Tasse Kaffee eingeschenkt und den Computer aufgeklappt. Weil ich Musik hören wollte. Am besten traurige Lieder. Ich musste lächeln, als mein Desktophintergrund erschien: ein Rechteck auf blauem Grund, wo geschrieben steht: *There is a crack in everything. That's how the light gets in.* Als ich den Satz zum ersten Mal gehört habe, ist mein Herz vor Freude gehüpft. Ich gab bei YouTube den Suchbegriff »Leonard Cohen

Anthem« ein. Ein überragender Song. Der erste Treffer war eine Live-Aufnahme, die Anfang der Nullerjahre bei ihm zu Hause in Calgary entstanden ist. Hut ins Gesicht gezogen, fürchterlich eleganter Anzug. Play. Mit seiner tiefdunklen Stimme wendet sich Cohen an das Publikum und spricht den Refrain, noch bevor er das Lied zu singen anfängt. *Ring the bells that still can ring / Forget your perfect offering / There is a crack in everything / That's how the light gets in.* Ich hörte das Lied dreimal hintereinander und starrte den alten Mann an, der mich berührt und etwas Beruhigendes an sich hat.

Als das Stück zu Ende war, überlegte ich, ob ich es ein weiteres Mal hören sollte und notierte auf einem Blatt:

Liste 3: Warum ich glaube, dass ich Léa nicht mehr liebe:

- *Weil sie mir auf den Wecker geht mit ihrem blöden Ordnungsfimmel.*
- *Weil ich ihre neue Frisur nicht ausstehen kann.*
- *Weil es nach fast zwanzig Jahren nicht ausbleibt, dass die Dinge den Bach runtergehen.*
- *Weil ich ein anderer geworden bin.*
- *Weil ich eine andere Frau begehrt habe.*
- *Weil ich glaube, dass das Leben nicht dazu gemacht ist, für immer zusammenzubleiben.*
- *Weil …*
- *Ich weiß es nicht.*
- *Keine Ahnung.*

Ich weiß auch nicht, was in mich gefahren ist, jedenfalls habe ich an dem Tag endlich meinen Vater besucht. Oder zumindest das Stückchen Rasen, auf dem seine Asche verstreut worden ist. Drei Jahre war er nun tot, und nie hatte ich das Bedürfnis verspürt, an seinem Grab innere Andacht zu halten. Ich habe keinen Hang zum Andachthalten. Ich hasse es, an der Kante eines eingefassten Rasens dazustehen wie ein Idiot und alleine etwas vor mich hin zu murmeln. Oder hatte ich mich nicht getraut, ihn zu besuchen, weil ich die Geste absolut sinnlos fand? Warum fühlen wir uns verpflichtet, den Toten Besuche abzustatten? Ihretwegen? Unseretwegen? Wieso? Wir gehen auf den Friedhof, um uns selbst wehzutun. Um den Finger in die eigene Wunde zu legen, um an unseren Krebsgeschwüren zu rühren. Wir gehen nicht auf den Friedhof, um den Toten eine Freude zu machen oder ein wenig Zeit mit ihnen zu verbringen. Sie sind ja nicht mehr da, und vor allem scheren sie sich einen Dreck um uns. Darum, ob wir auf den Friedhof kommen. Darum, ob wir sie vermissen und um sie weinen. Ich mag mir nicht selbst wehtun. Ich möchte mich wappnen gegen jeglichen Kummer und das geringste drohende Leid. Das Fleckchen Rasen aufzusuchen, wo man die Asche seines Vaters verstreut hat, bedeutet jedoch, sich selbst sehr heftige Schmerzen zuzufügen. Es bedeutet, sich zu quälen, Prügel einzustecken, sich dem Sturm auszusetzen. Und ich fürchte mich vor dem Sturm, ich fürchte mich vor den Schlägen, ich fürchte mich vor dem Schmerz. Deswegen habe ich mich nie getraut, meinen Vater zu besuchen. Bis zu dem Tag, an dem ich, angetrieben von einer unerklärlichen Entschlossenheit, in den schmalen Weg zu dem eingefriedeten Gelände einbog.

Ich zögerte noch einen Augenblick, nachdem ich vor dem lang gestreckten Friedhof geparkt hatte. Warum war ich hierhergekommen? Schließlich stieg ich aus dem Wagen und ging langsam los. Die Kulisse: Regen, graue Kieswege, aus der Erde ragende Kreuze, ruhende Grabsteine und gebückte alte Frauen. Dahinter die Leere. Und ein wenig Himmel. Mein Vater hat weder Stein noch Kreuz. Sein Grab ist ein Stück Rasen, den er sich mit anderen Krebs-, Herzinfarkts- und Verkehrstoten teilt ... Nur ein Stück Rasen. Namenlos, ohne Geburts- und Sterbedatum. Ein grünes Viereck mit Blumen außenrum. Ein nichtssagendes Viereck. Denn das ist die Wahrheit. Hier passiert nichts. Hier ist nur der Tod.

Da stand ich nun, am Rande des Rasens. Und starrte genau auf die Stelle, an der meine Mutter und ich seine Asche verstreut hatten. Als wäre er hier und nicht anderswo. Ich stand gerade, damit ich nicht so aussah wie die buckeligen Alten. Ich weinte nicht.

»Hallo Papa.«

Schweigen.

»Bist du da?«

Schweigen.

»Schau, ich bin da ...«

Schweigen.

»Willst du gar nicht wissen, warum ich gekommen bin?«

Schweigen.

Ich schaute auf. Ließ meinen Blick über den Horizont schweifen. Niemand konnte mich hören. Ich betrachtete einige Augenblicke das Stück Rasen und fragte mich, wie viele Wochen oder Monate es dauerte, bis die Asche eines Toten gänzlich verschwand. Mein Vater war jedenfalls zur

Erde zurückgekehrt. *Ashes to ashes / funk to funky / we know Major Tom is a junkie.* Musik, immer die Musik. Zu allen Anlässen. Ich holte tief Luft, schaute mich einmal um, um zu prüfen, ob mich jemand sehen konnte, und redete weiter: »Ich stecke ganz schön in der Klemme. Und wenn du noch da wärst, würdest du mich zur Schnecke machen. Es würde dir nicht gefallen, was ich dir jetzt sagen werde. Aber weil du tot bist, kann ich es dir ja einfach erzählen.«

»Papa, ich habe mich in eine andere Frau verliebt.«

Schweigen.

»Ich weiß nicht mehr weiter.«

Schweigen.

»Ich frage mich, was du dazu sagen würdest, wenn ich mit dir darüber reden könnte.«

Schweigen.

»Ob du sagen würdest: ›Mein Sohn, lebe dein Leben!‹, oder ob du mich finster anschauen und feststellen würdest, dass ich immer unzufrieden bin und dass man so etwas einfach nicht macht?«

Schweigen.

Ich sagte auch nichts.

Schweigen.

»Bis bald, Papa …«

Ich ließ ihn allein. Und dachte mir, dass er nachts bestimmt fror. Dass er sich ja fürchten musste, bei all den Toten. Dass er niemanden hatte, den er umarmen konnte. Ich ertappte mich bei dem Gedanken, wem ich nach dem Tod unbedingt wiederbegegnen wollte. Sonst fragte ich mich die ganze Zeit, mit wem ich gern den Rest meines Lebens verbringen würde. Die Vorstellung, dass man meine Asche für immer in einem einsamen Garten wie diesem verstreuen würde, ließ mich erschaudern. Eine idiotische Vorstellung, ich bin mir dessen bewusst. Dagegen war der Gedanke, dass meine Asche sich mit der einer einstmals geliebten Frau vereinen würde, beruhigend. In der Ewigkeit mochte ich nicht allein sein. Ich ließ den Motor des Wagens an. Ich musste weg hier.

Neunzehn Uhr. Es wurde dunkel. Mein Arbeitstag begann. Ich war schmerzfrei. Oder so gut wie. Nur ein leichter Schmerz unter dem Schulterblatt, der mich nicht weiter beunruhigte, da ich von Schulterblattkrebs noch nie gehört hatte. Es gibt für einen Hypochonder nichts Tröstlicheres als ein Leiden, das vernünftigen Abstand zu den lebenswichtigen Organen hält. Ich machte die Scheinwerfer an und tauchte ein in die Stadt. Ich liebe das, wenn die Landschaft an mir vorüberzieht. Umrisse schemenhaft aufscheinen. Ich alleine im Auto sitze. Die Stille. Den kleinen Ring mit seinen Tunnels, in denen man für kurze Zeit verschwindet. Die fahlen Lichter, die für Sekunden aufleuchten. Das Motorengeräusch. Der Geruch. Ich liebe es, wenn der Wind durch das leicht geöffnete Fenster zieht. Das Gefühl, dass alles im Fluss ist. Das Gefühl der Straße.

Meine Aufmerksamkeit richtete sich auf das grün blinkende Kreuz einer Apotheke. Ein paar Leute standen an. Ich fragte mich, was sie zu dieser Zeit hierherführte. An welcher Krankheit litten sie? Manche hatten bestimmt nur einen üblen Schnupfen oder eine schlimme Magen-Darm-Geschichte. Andere dagegen ... Wie diese alte Dame in dem beigen Mantel, die die Hände in den Taschen vergraben hatte und, wie ich annahm, ein zerknülltes Rezept für ihren krebskranken Mann in ihrer Faust hielt. Sie stand in der Schlange, um dem Mann, den sie ihr Leben lang geliebt hat, noch ein paar Tage oder Wochen zu schenken. Sie stand in der Schlange, um ihnen beiden das Leiden zu verlängern. Ich hasse Apotheken, ich hasse Krankheit, ich hasse die Vorstellung von Schmerz. Als ich wieder zu Sinnen kam, hatte ich das blinkende Kreuz weit hinter mir gelassen.

Die Rückbank meines Taxis ist stets in untadeligem Zustand, aber vorne sieht es anders aus. Im Fußbereich des Beifahrersitzes tummeln sich leere Dosen, Sandwich-Verpackungen von der Tankstelle, Strafzettel, Taschentücher und leere Zigarettenschachteln. Léa kann Unordnung nicht ertragen, aber mich kümmert das nicht. Das Chaos ficht mich nicht an. Im Gegenteil, es beruhigt mich sogar. Es entspricht irgendwie dem, was sich ständig bei mir im Oberstübchen abspielt.

Mein erster Fahrgast war ein junger Typ mit iPod und Kopfhörern. Er wippte mit dem Kopf wie das nur junge Leute können. Eine Zahnspange. Zu viel Gel in den Haaren. Eine überdimensionale Nase. Er schrieb Nachrichten an Mädchen, die er wahrscheinlich nie ins Bett bekommen würde. Siebzehnsein ist nicht leicht. Er hat mir fünfzehn Euro in die Hand gedrückt.

Henry stand schon unten, als ich um Punkt zwanzig Uhr dreißig vor dem Haus hielt, in dem er wohnte. Er rauchte noch seine Kippe zu Ende.

»Endlich«, brummelte er und nahm seinen Mantel ab.
»Endlich was?«
»Endlich Freitag«, meinte er und setzte ein Lächeln auf.

Die Stadt war wie ausgestorben. Henry starrte zum Fenster hinaus. Oder musterte mich lange im Rückspiegel. Er sagte kein Wort.

»Haben Sie eine schöne Woche gehabt?«
»Nein«, antwortete er, anscheinend wollte er eine Unterhaltung im Keim ersticken.
»Aber was machen Sie so den ganzen Tag?«
»Nichts«, sagte er. »Ich bin zu Hause. Ich lese.«
»Aha. Sie lesen also gern?«
»Nein.«

Mir fiel darauf nichts ein, und so machte sich Schweigen breit. Um etwas zur Entspannung der Atmosphäre beizutragen, stellte ich ihm, als wir da waren, eine letzte Frage:

»Glauben Sie, dass wir dabei sind, Freunde zu werden?«
»Glaube ich nicht«, antwortete er wie aus der Pistole geschossen. Seine Augen funkelten. »Wenn wir Freunde wären, müsste ich die Fahrt nicht bezahlen.«

Während er in der Kneipe verschwand, kehrte ich in die Nacht zurück. Die eine Hand am Steuer, streckte ich die andere nach dem Handschuhfach aus, um dort ein paar CDs herauszuholen. Die Beastie Boys, Radiohead, Jeff Buckley und die Stones. Ich hatte auch *A Love Supreme* und die Balladen von John Coltrane dort liegen, Musik, die ich immer dabeihabe und mir nie anhöre. Aber ich habe sie immer dabei. Für den Fall, dass mir tatsächlich einmal der Sinn nach Leiden steht.

Einmal mehr entzückte mich das Cover von *Grace*, ich entschied mich für Jeff Buckley. Ich sprang zu dem Kirchenorgelintro von *Lover, You Should've Come Over.* Ein Song, in dem es um einen verliebten Mann geht. *Too young to hold on / And too old to just break free and run.* Ich hatte es ja nicht anders gewollt, aber trotzdem dachte ich, dass dieser Dreckskerl genau die Worte fand, die mich zu Boden streckten. Er sang weiter: *Sometimes a man gets carried away / When he feels like he should be having his fun / Much too blind to see the damage he's done / Sometimes a man must awake to find that, really / He has no one.* Warum fühlen sich manche Leute eigentlich nur von solchen Liedern angesprochen, die richtig wehtun, während andere die ganze Nacht durchtanzen? Und warum musste ausgerechnet ich zu der ersten Kategorie gehören? Am Ende des Lieds sagt er seiner Geliebten, dass er auf ihre süße Rückkehr brennt: *My kingdom for a kiss.* Wenn ich das höre, bin ich jedes Mal wieder dreizehn, schaudere ich, spüre ich das Leben, sinke ich auf die Knie. Zu leiden tut so gut, wenn es wegen eines sanften Liedes ist. Ich gab die Deckung auf und ließ mich überwältigen. Genau in dem Moment stürzen immer die obskursten Fragen auf mich ein, etwa: Gibt es noch irgendetwas auf dieser Welt, was ich tun sollte?

Ich glaube nicht. Ich habe schon die große Liebe erlebt. Orgasmen. Ich habe drei Kinder. Ich habe einige Reisen unternommen. Ich bin einigen Leuten begegnet und habe meine besten Freunde bereits getroffen. Was gibt es noch Wichtiges zu tun? Vermutlich nichts. Ich bin achtunddreißig, das Wichtigste liegt hinter mir. Das Spiel ist schon zu Ende. Und das macht mich wahnsinnig.

Während ich also in Glücksgefühlen badete, trat ein Mann, um die sechzig, graue Haare, aus einem netten kleinen Hotel an der Place du Sablon heraus. Er winkte mich heran. Er hatte eine angenehme Stimme.

»Zum Kulturzentrum in Woluwé«, sagte er.

»Gehen Sie ins Theater?«

»Nein, ich trete dort auf. Ich trage Gedichte vor.«

»Gedichte? Zu so später Stunde? Gibt's noch Leute, die sich nach zweiundzwanzig Uhr eine Lesung anhören?«

»Hören Sie bloß auf! Natürlich gibt es Leute, denen das gefällt.«

»Och, wissen Sie, ich sage das nur so ...«

»Jeder hat eben seinen Geschmack. Jeder geht seinen Weg. Ihnen braucht es ja nicht zu gefallen. Wir müssen ja nicht alle denselben Geschmack haben. Auch wenn wir im Grunde alle dasselbe Ziel verfolgen und nur versuchen, wir selbst zu sein. Bis dahin ist es ein weiter Weg. Deswegen darf das Leben nicht kurz sein. Weil wir Zeit brauchen, uns zu entfalten. Wir brauchen Zeit, um all das abzulegen, was uns eingetrichtert worden ist, als wir klein waren. Die Suche nach sich selbst ist eine spannende Reise, und ich möchte, dass sie noch lange geht. Das Leben ist ein Spiel. Wo man jede Menge anstellen kann. Sind wir da einer Meinung? Also, das müssen wir ja nicht.«

»Doch, ich bin ganz Ihrer Meinung ...«

Daraufhin schenkte er mir nun zum ersten Mal kräftig ein:

»Keine Sorge. Der Mut kommt langsam, mit der Zeit. Irgendwann sind wir keine Kinder mehr und stehen in der Welt. Wir stellen fest, es gibt uns und die anderen. Und dennoch sind wir einsam. Aber es gibt die anderen, und wir wollen von ihnen wahrgenommen werden. Wir brauchen Selbstbestätigung. Deshalb sind wir mehr damit beschäftigt, den anderen zu gefallen und uns ihrer Zustimmung zu versichern als wir selbst zu sein. Ich glaube, im Leben kann man tun, was man will ... Ich bin verschlungene Wege gegangen und habe ziemlich viel Zeit vergeudet ... Ich bin zickzack gelaufen, es hat gedauert, bis ich zu mir selbst gefunden habe. Und heute versuche ich vor allem, Spaß zu haben.«

»So, so«, sagte ich, als ob nichts wäre, als spürte ich das Messer nicht, das er mir soeben, ohne es zu merken, in die Brust gerammt hatte. Und fuhr fort:

»Aber Spaß haben heißt oft, anderen wehzutun ...«

»In der Liebe meinen Sie?«

»Ja. Vielleicht. Ja, natürlich.«

»Sie haben recht. Aber man muss trotzdem Spaß haben, man darf dabei nicht an das Leid denken, das man anderen antut. Denn kein Mensch ist das Eigentum eines anderen. Na gut, ich weiß – ich bin schließlich nicht blöd – man kauft sich ein Haus, zeugt Kinder, all das gehört ein bisschen zum Leben dazu. Der Weg ist ein Zickzackkurs. Ich sage nicht, dass er gerade verläuft. Obwohl es Beispiele von Menschen gibt, die sich von ihrem Weg nicht abbringen ließen. Kennen Sie Gauguin?«

»Den Maler?«, fragte ich vorsichtig.

»Ja. Die Geschichte geht so: Eines schönen Tages reiste

Gauguin mit seiner Frau, seinen Kindern sowie der Familie seiner Frau in einem Pferdewagen nach Dänemark. Plötzlich ließ er anhalten, stieg aus und sagte ›Auf Wiedersehen, meine Herrschaften‹. Und er brach auf nach Tahiti, um dort zu malen. Wissen Sie warum?«

»Nein«, sagte ich.

»Weil er einer inneren Notwendigkeit folgte.«

Es schien ihm daran gelegen zu sein, dass ich richtig verstand, denn er wiederholte: »Weil er einer inneren Notwendigkeit folgte.«

Er fuhr fort: »So etwas löst ein Drama aus. Aber worauf kommt es denn im Leben an? Soll man abstumpfen, seinen Mund halten und eine gute Miene zum bösen Spiel machen, oder soll man lieber das tun, was man wirklich will? Ich bin überzeugt davon, dass der andere eine solche Entscheidung immer akzeptieren und verstehen kann, auch wenn sie erst einmal schmerzhaft ist. Kein Mensch ist das Eigentum eines anderen, kein Mensch kann den Anspruch erheben, über das Leben eines anderen zu bestimmen.«

»Hätten Sie alles zurücklassen können?«

»Ich weiß es nicht. Ich stand nie vor dieser Entscheidung. Weil ich die Dinge nie aus diesem Blickwinkel betrachtet habe. Ich habe niemanden kennengelernt, für den ich hätte sterben wollen. Ich war nie der Ansicht, dass eine einzige Frau reichen könnte, mein Leben auszufüllen. Das hätte nicht funktioniert. Menschen müssen sich frei entfalten, sich verändern können, sie sollen tun dürfen, was sie tun müssen. Man kann nicht ein Leben in trauter Zweisamkeit verbringen. Man darf nicht aufhören, sich nach anderen zu sehnen, nach neuen Begegnungen, neuen Bekanntschaften. Das Leben ist nicht dazu da, sich auf ein endloses Zusammensein einzulassen. Unsere Zeit ist begrenzt …«

»Aber es kann doch auch schön sein!«

»Das ewige Zusammensein? Keine Ahnung. Ich glaube, man braucht dazu eine außergewöhnliche Begabung, die ich nicht habe. Darüber haben viele Dichter geschrieben. Georges Clemenceau hat einmal gesagt: ›Der beste Moment in der Liebe ist, wenn du die Treppe hinaufsteigst.‹ Ich denke, er hat vollkommen recht. Die schönsten Augenblicke sind die, wenn man träumt, sich die Zukunft ausmalt, sich Dinge vorstellt … Danach beginnt die Mühle sich zu drehen. Wissen Sie, was Hippolyte Taine einmal geschrieben hat? ›Drei Wochen beschnuppert man sich, drei Monate liebt man sich, drei Jahre streitet man sich, dreißig Jahre erträgt man sich, und bei den Kindern geht es wieder von vorne los.‹ Deprimierend, oder? Aber vielleicht ist das Leben im Grunde so? Das trifft Sie nun verdammt hart, ich spüre das … Aber es entspricht ziemlich der Wahrheit.«

Ich wusste nicht, wer dieser Mann war. Doch es gelang ihm offenbar, sich keine Ketten anlegen zu lassen. Sich nicht auf einen einzigen Menschen festzulegen. Dabei wirkte er durchaus vernünftig. Charmant. Liebenswürdig. Großzügig.

Er stieg aus, und ich sah zu, wie er durch die Tür des Theaters verschwand, in Gedanken schon mit seinen Versen beschäftigt. Ich dagegen blieb mit leerem Blick und einem flauen Gefühl im Magen in meinem Taxi sitzen, wo ich auf den nächsten Fahrgast wartete. Und ich versuchte mir vorzustellen, wie die Leichtigkeit auch mich eines Tages tragen würde.

Es war kurz vor Mitternacht, als ich meine Lieblingsbar an der Place Flagey erreichte. Benjamin verschlang seine weibliche Begleiterin mit den Augen. Ich räumte ihr keine großen Chancen ein, ihm widerstehen zu können. Mein Freund Benjamin ist ein Verführer. Sein Leben ist hauptsächlich darauf ausgerichtet, seine größten Zweifel zu zerstreuen. Ob er attraktiv ist, ob er dieses oder jenes Mädchen oder sogar beide gleichzeitig rumkriegen kann. Da er sich seiner selbst so wenig sicher ist, muss er sich jeden Abend beweisen, dass er imstande ist, einer Frau zu gefallen. Dabei vögelt er die Frauen nicht einmal, nein. Er checkt nur die Lage ab. Wie alle Männer dieser Sorte hat er es nicht auf die kleinen, grundsoliden Anständigen abgesehen, auf die Netten, Aufmerksamen, Hübschen, mit denen er vielleicht sein Leben teilen möchte. Nein, er steht auf Miezen mit richtigen Krallen, auf Mörderinnen. Auf gefährliche Frauen, mit denen das Zusammensein die Hölle sein muss. Aber er hat ja nicht die Absicht, lange bei ihnen zu bleiben. Mich hat diese Art von Frau nie angezogen. Das hat mit Erziehung zu tun. Aber auch mit praktischen Erfahrungen. Eine solche Frau auch nur annähernd rumzukriegen, würde mich ein halbes Jahr harte Arbeit kosten. Eine sinnlose Anstrengung. Außerdem braucht ein Typ wie ich ständig Bestätigung. Ich suche in der Liebe Stärke, Klarheit und Trost, so etwas wie eine Mutter.

»Einen Wodka mit Eis und einen Kaffee«, rief Benjamin der hübschen Bedienung zu. »Wie geht's den Kindern?«, fragte er mich.

»Gut. Glaube ich. Sie sind mit Léa im Urlaub.«

»Ach, echt?«

»Ja. Léa hat beschlossen, ein paar Tage mit ihnen wegzufahren.«

Überflüssig zu erklären warum. Benjamin weiß über alles Bescheid. Über absolut alles. Er weiß, wie es um Léa und mich steht, welche Partei ich wähle, was ich von Miley Cyrus halte, er kennt meine Haltung zum israelisch-palästinensischen Konflikt, er ist auf dem Laufenden über meine körperlichen Beschwerden. Er ist der Einzige, der alles weiß. Aus dem einfachen und guten Grund, dass er mein einziger echter Freund ist. Als ich ihm anvertraut habe, dass ich mich in Marie verliebt habe, hat er gelächelt und einen weiteren Schluck Wodka genommen: »Stürz dich besser in die Liebe als die Treppe hinunter«, hat er gemeint. Weil er ohne diesen verdammten Mythos namens Familie aufgewachsen ist. Er begreift nicht, dass die schönste Liebe auf den ersten Blick zugleich eine schreckliche Katastrophe sein kann. Selig sind Scheidungskinder. Selig sind Kinder von Eltern, die sich nicht besonders geliebt haben. Denn sie haben ihren Kindern das wahre Leben gezeigt.

»Sicher, dass du nichts trinken magst?«, fragte mich Benjamin.

»Ja, ich muss nachher noch arbeiten.«

»Na, dann arbeitest du eben nicht.«

Dieser Typ ist der Teufel.

»Sag das nicht noch mal«, riet ich ihm.

»Doch, dann arbeitest du eben nicht!«

Ich bestellte also zwei Wodka mit Eis. Vier, sechs, acht. Zehn. Danach hatte ich allerlei Lachkrämpfe und musste mal kurz aufs Klo.

Folgende Themen standen auf der Tagesordnung: Frauen, Job, Familie, Kinder, Politik, Liebe, Musik. Léa. Und Marie. Wir bestellten noch ein paar Gläser Wodka. Irgendwann, als ich mal nach draußen gegangen war, um eine Zigarette zu rauchen, beschloss ich, ins Auto zu steigen und nach Hause zu fahren. Schön besoffen und ohne mich zu verabschieden. Ich ließ ihn sitzen. Was es wahrscheinlich einfacher für ihn machte, an dem Abend nicht alleine nach Hause zu gehen.

Samstag

Als ich sternhagelvoll nach Hause fuhr, kam ich an einem Club nahe der Place du Petit Sablon vorbei. Junge Leute, alle um die zwanzig, standen vor dem Eingang und rauchten. Ein Pärchen küsste sich auf dem Bürgersteig. Ich bremste ab, um mir die beiden anzuschauen. Mit melancholischem Blick. Auch ich hatte schon um drei Uhr morgens Mädchen auf dem Bürgersteig geküsst. Doch diese Zeiten waren vorbei. In meinem Leben ging es nicht mehr um Liebesangelegenheiten. In meinem Leben ging es um Beziehungsfragen. Und man muss der Tatsache ins Auge sehen: Das ist nicht das Gleiche.

Im Haus war es still und leer. Ganz meiner Gewohnheit entsprechend, machte ich kein Licht und achtete darauf, leise zu sein. Ich zog mich langsam aus – die Unterhose behielt ich an, wozu sollte ich sie auch ausziehen? – und schlüpfte ins Bett. Ich streckte mich der Länge nach aus, platzierte meinen Kopf auf dem Kissen und betrachtete die Stelle, an der sich normalerweise Léas Körper befand. Ich legte meinen Arm dahin, wo sonst ihre Hüften waren. Betrachtete ihr Kissen. Sie fehlte mir nicht. Doch ihre Abwesenheit irritierte mich. Meine Hand streichelte das Betttuch, das einen vertrauten Geruch verbreitete. Auf einmal sprang ich auf und zog das Bett ab, weil ich lieber auf der blanken Matratze schlafen wollte. Indem ich den Geruch abstreifte, verwandelte sich das Bett in ein anderes. In ein leeres, verwaistes Bett.

Seit dem Tod meines Vaters hatte ich nicht mehr geträumt. Drei lange Jahre ohne dieses köstliche Gefühl beim Aufwachen, zwischen zwei Welten zu stehen. Wenn geliebte Menschen sterben, nehmen sie ein Stück von uns mit dahin, wohin sie gehen, davon bin ich überzeugt. Mein Vater hatte meine Träume mitgenommen. Wie oft war ich mit dem Gedanken an ihn eingeschlafen? Und hatte gebetet, dass er mich nachts besuchen kommt. Doch er war nie gekommen. Nie. Eines Tages werde ich mich entscheiden müssen, welches Wort mir am meisten verhasst ist: nie oder immer? Bis jetzt ist es mir unmöglich, eine Wahl zu treffen. Zu abscheulich erscheint mir das Endgültige, das beiden Wörtern anhaftet.

In dieser Nacht habe ich also geträumt. Doch nicht von ihm.

Das Mädchen hatte kurze Haare. Einen göttlichen Mund. Eine klare, kräftige Stimme. Wir waren in einem Haus, das ich nicht kannte. Wir stiegen eine weite blaue Steintreppe hinauf bis zu einem Zimmer, in das wir ohne zu zögern eintraten. Sie trug eine unten aufgekrempelte schwarze Jeans und eine enge ärmellose Spitzenbluse. Sie sah mich mit durchdringendem Blick an. So wie mich selten eine Frau angesehen hat (dafür hat man ja Träume!). Sie auszuziehen, bereitete mir keine Probleme. Ich fand gleich den Knopf ihrer Jeans, dann den Reißverschluss, und machte mit einer Hand ihren BH auf. Binnen weniger Sekunden waren wir nackt. Bereit für die Schlacht. Ohne Präliminarien drang ich in sie ein. Sie nahm sich Zeit, ließ meinen Schwanz behutsam durch ihre Vagina gleiten. Ihr Becken bewegte sich (auf eine mir unbekannte Art, die es wahrscheinlich nur in Träumen gibt …), und in mir stieg eine Kraft auf, die ich nicht mehr für möglich gehalten hätte. Sie steckte mir ihre Zunge ins Ohr, um mich die Macht ihrer Leidenschaft spüren zu lassen. Ich bebte. Ich verging unter ihren Zärtlichkeiten. Meine Zunge fand Zuflucht tief in ihrem Schoß. Dann leckte sie mich. Mit einer Hand drückte sie meinen Schwanz. Und mit der anderen näherte sie sich meinem Anus (der normalerweise eine uneinnehmbare Festung ist). Während sie meinen Schwanz lutschte, führte sie einen Finger in meinen Hintern ein. Es riss mich in Stücke. Und ich schrie vor Lust. Sie leckte meine intimsten Stellen, als müsste sie sich für ihren unangekündigten Besuch entschuldigen. In dem Moment wachte ich auf. Schweißgebadet, mit Ständer. Und holte mir im Bett einen runter, was ich seit Monaten nicht mehr getan hatte. Nachdem ich gekommen war, fragte ich mich, ob andere Leute wohl auch diese Form von Sexualität erlebten. Die Antwort lautete selbstverständlich ja. Warum also sollte ich sie nicht auch erleben?

Man vögelt weniger, wenn ein Leben einmal in seinen gewohnten Bahnen verläuft, das muss man klar sagen. Natürlich gibt es Phasen, in denen das Verlangen wieder richtig aufflammt. Doch mit der Zeit werden diese Phasen schwächer und kürzer, sind so schnell weg, wie sie da waren. Eine tragische Wahrheit ist auch, dass man im Prinzip immer im selben Zimmer vögelt. Immer zur gleichen Zeit. Und immer dieselbe Ritze.

Diese freudigen Gedanken hielten meinen Körper nicht vom Weiterleben ab. Der wunderbare Morgen begann wie immer mit meinem zermürbenden Gesundheitscheck. Doch mein Körper sandte eher positive Signale aus. Wäre da nicht dieser sanfte Schmerz am rechten Auge gewesen. Und das leichte Stechen in der Magengegend. Und dieser verdammte Druck auf den Rippen, der mich seit zehn Jahren plagte. Also nichts übermäßig Schlimmes: nur drei Stellen, die Probleme bereiteten. So ein Glück. Zwar hatte ich auch noch so merkwürdige Beschwerden am rechten Hoden, die mir ein bisschen die Laune vermiesten. Sie beschäftigten mich gerade am meisten. Ich tastete mit zwei Fingern den Hoden ab und stellte eine ernstzunehmende, kugelförmige Anomalie fest. Ich befühlte den linken Hoden, um herauszufinden, ob beide symmetrisch waren oder etwa eine Wucherung vorlag. Ob ich Grund hatte, mir einzubilden, dass ich von einem neuen Leiden heimgesucht wurde. Die Sache eskalierte. Google. Bilder. Ich stieß auf Tausende von Hodenquerschnitten, die ich sehr genau betrachtete. Gleichzeitig tastete ich meine Hoden ab. In solchen Augenblicken kommt man sich saublöd vor. Doch die Angst ist stärker. Also tastet man weiter und weiter, und der Angstschweiß bricht einem aus. Es ist einem völlig egal, ob das, was man gerade macht, lächerlich ist. Auf diesen verfluchten Fotos war natürlich noch ein Haufen anderer Anomalien und bizarrer Krankheiten zu sehen, die ich mir auf der Stelle auch noch einfing, wodurch die Untersuchung sich endlos hinzog. Eins ist klar: Ein Mann, dem die Eier wehtun, lebt nicht ohne Sorgen.

Noch benebelt von meinem Traum und der morgendlichen Ejakulation, hielt ich mich an dem Morgen jedoch nicht länger als vernünftig mit meinem rechten Hoden auf. Zeit, sich anderen Dingen zuzuwenden. Dem Frühstück zum Beispiel. Erst mal Hände waschen …

Ich setzte mich auf Léas Platz, stellte die Thermoskanne, ein paar Kekse, die Kippen und den aufgeklappten Computer vor mich hin und frühstückte wie ein Single. *There is a crack in everything. That's how the light gets in.* Ich war versucht, meine Foto-Ordner zu öffnen: Familien- und Ferienaufnahmen, Bilder von Freunden und von Léa und mir. Doch ich ließ es sein. Ich öffnete das E-Mail-Programm. Denn ich musste wissen, ob Marie mich noch liebte.

Eine Mail würde reichen. Was, wenn ihre Adresse gar nicht mehr stimmte? Wenn sie überhaupt nicht mehr an mich dachte? Vielleicht liebte sie ja einen anderen? Oder sie hatte mich schon lange vergessen?

Mit der Konzentration eines Pianisten, der sich anschickt, bei einem internationalen Wettbewerb eine Sonate vorzuspielen, legte ich meine Hände auf die Tastatur. Tief durchatmen. Die Gelenkigkeit der Finger prüfen. Dann gab ich die ersten Buchstaben ihrer E-Mail-Adresse ein, die auch mein Adressbuch nicht vergessen hatte.

»Hallo Marie, wir sind uns in einem anderen Leben begegnet. Erinnerst du dich noch? Gehen wir einen Kaffee trinken wie in guten alten Zeiten?«

Kurz, schnörkellos, effizient. Ich klickte auf den Button »Senden« und betrachtete noch ein wenig die absurde Nachricht, die ich soeben abgeschickt hatte. Um den Augenblick etwas feierlicher zu gestalten, machte ich eins der Lieder an, die wir bei dem einzigen Mal, als wir miteinander geschlafen hatten, gehört hatten.

Mein Telefon klingelte.

»Hallo. Das hat aber lange gedauert«, sagte sie.

Sie hatte mich nicht vergessen.

»Was ist das für ein Lied?«

»Keine Ahnung, das Radio ist an«, sagte ich und stellte leiser.

Es entstand ein Schweigen. Ich sah ihr Lächeln beinahe durchs Telefon hindurch.

»Das ist ein schönes Lied.«

Ich wusste nicht, was ich sagen soll.

»Ich habe morgen Abend Zeit. Da könnten wir ihn trinken, diesen Kaffee, wenn du magst.«

Mein Herz drehte sich dreimal um sich selbst, wie an dem Tag, an dem sie zu mir aufgeschaut und mit einem triumphierenden Lächeln gesagt hatte: »Magst du dich setzen?«

»Morgen Abend? Mit Vergnügen. Ich muss erst später arbeiten.«

»Sollen wir uns wieder in der Kneipe da an der Ecke treffen? Wie damals?«

»Nein. Irgendwo anders«, entschied ich instinktiv.

Wir machten etwas aus. Zeit und Ort. Und ich sagte freundlich und leise auf Wiedersehen, als würde ich ihr ein Geheimnis anvertrauen. Auf Wiedersehen. Das heißt: Bald sehe ich dich wieder. Endlich.

Würde sie die gleiche Wirkung auf mich haben wie beim ersten Mal? Oder wie am Tag danach in diesem Café, wo sie ihre Zigarettenschachtel auf den Tisch geworfen hatte und ich mir gesagt hatte, dass dieses Cowgirl mein Leben aus den Angeln hebt? Oder würde sie mich vielmehr völlig kalt lassen, so kalt, dass ich mich fragen würde, warum ich die letzten Monate überhaupt an sie gedacht hatte? Während ich mir Verschiedenes ausmalte, öffnete ich meinen Posteingang. Und einen Ordner namens »Berufliches«. Ein Tarnname, unter dem ich alle E-Mails, die wir uns geschrieben hatten, aufbewahrt hatte. Ich hatte schon oft Lust gehabt, diese E-Mails noch mal zu lesen. Genauso wie ich sie schon oft beinahe gelöscht hätte. Aber ich hatte mich weder für das eine noch für das andere entscheiden können. Ich wollte diese Spuren nicht beseitigen. Um mir beweisen zu können, dass es all das wirklich gegeben hatte. Planlos klickte ich mich durch die Nachrichten:

Vom 4. Januar:

> *»Weißt du was,*
> *ich habe Lust,*
> *große Lust auf Dich,*
> *und ich liebe dieses Gefühl.«*

In diesen vier Zeilen lagen das Versprechen und der Anfang einer Beziehung. Und diese E-Mails waren das unvermeidliche Resümee unserer kurzen Liebe. Einundzwanzig Tage hatte sie gedauert. In diesen E-Mails stand alles, was möglich und was unmöglich gewesen war. Aber sie waren auch der greifbare Beweis dafür, dass wir uns irrsinnig geliebt hatten.

Dürfte ich von dieser Affäre nur eine einzige Sache in Erinnerung behalten, dann wäre es das: Wir hatten uns wahnsinnig geliebt. Marie hatte eine Begabung, immer einen schönen Schluss für ihre Mails zu finden. Sie schrieb »Ich drück dich. Ganz fest.« Oder »Ich drück dich. Unendlich.« Verrückt, wie so ein Punkt die Intensität der Liebesworte steigert.

Ich öffnete eine andere Mail, datiert vom 7. Januar:

> *»Weißt du was, ich merke, dass ich wieder am Computer rumhänge, weil ich die Illusion haben will, bei dir zu sein. Okay, dann los …*
> *Ich nehme nur kurz deine Hand*
> *Führe sie zu meinem Nacken*
> *Zu meinem Hals*
> *Lasse sie über meine Wange gleiten*
> *Habe sie vor meinen Augen …«*

Ergriffen von der Erinnerung an diese drei Wochen, die mein Leben erschüttert hatten, zündete ich mir eine Zigarette an. Ich öffnete eine weitere Nachricht, datiert vom 8. Januar. Und noch eine, vom zehnten:

> *»Du merkst, ich bin geschwätzig*
> *Ich denke, es liegt daran, dass ich dich vermisse*
> *Und wenn ich dir schreibe, ist es ein wenig so, als ob ich bei dir wäre*
> *Zärtlich*
> *wild*
> *liebevoll*
> *küsse ich dich«*

Ich tauchte mit Haut und Haaren in jene drei Wochen ein. Ich sah Marie vor mir, wie sie auf einer Caféterrasse saß und Weißwein trank. Ich sah sie übers ganze Gesicht lächeln. Ich sah, wie sie den Arm ausstreckte, das Himmelsgewölbe zurückschob und rief: »Die Party kann beginnen!« Ich sah sie tanzen. Ich sah, wie sie mich mit offenen Armen im Bett empfing und meinen Schwanz in den Mund nahm. Ich sah sie weinen. Ich sah, wie sie sich, nackt auf dem Laken rekelnd, eine Zigarette anzündete. Wie schmerzhaft würde der Augenblick sein, in dem ich die Tür hinter mir zuzog. Und nie mehr zurückkommen würde. Ich öffnete weitere Nachrichten. Und weitere.

Als ich meine Zigarette ausdrückte, starrte ich auf die letzte E-Mail, die sie mir geschickt hatte. Am 24. Januar um zehn Uhr vierunddreißig. Ich kannte diese Mail auswendig. »Ich« hatte Marie geschrieben und »du«. Und »wir«. Ein Personalpronomen auf verlorenem Posten. Meine Antwort war der Link zu dem Video von *Just Breathe* von Pearl Jam: *Did I say that I need you? / Did I say that I want you? / Oh, if I didn't I'm a fool you see / No one knows this more than me.*

Stille im Haus. Ich musste an Léa und die Kinder denken. Ich fuhr den Computer herunter und schaute lange den Schreibblock an, der auf dem Tisch lag. Ich riss ein Blatt ab:

Liste 4: Warum ich Marie geliebt habe:

- *Weil ich sofort wusste, dass ich sie lieben würde, als ich sie zum ersten Mal sah. Und weil es sinnlos ist, sich gegen solche Gefühle aufzulehnen.*

- *Weil ich ihre Stimme mag.*
- *Weil sie schon auf Kilometer Entfernung nach gutem Sex roch.*
- *Weil sie einen wunderschönen Mund hat.*
- *Weil ich sie total anrührend fand. Und ich muss gestehen, ich finde selten Leute anrührend.*
- *Weil ich in ihren Augen schön war.*
- *Weil man nicht jeden Tag eine Frau kennenlernt, bei der man sich denkt: Mit ihr könnte ich den Rest meines Lebens verbringen.*
- *Weil es solche Beckenbewegungen vielleicht doch nicht nur im Traum gibt.*

Ich riss noch ein Blatt ab, denn ich hatte das Bedürfnis weiterzuschreiben:

Liste 5: Warum bin ich nicht mit ihr durchgebrannt?

- *Weil ich meine Familie schützen wollte.*
- *Aus Angst, mich unglücklich zu machen.*
- *Weil man eine Liebe, die seit sechzehn Jahren Bestand hat, nicht aufgibt für eine Affäre, die vielleicht drei Monate dauern wird.*
- *Aus Feigheit also.*
- *Weil ein Teil von mir immer noch Léa liebt.*
- *Weil ich den Menschen, die ich liebe, nicht wehtun kann.*
- *Weil ich ein Meister darin bin, mir beknackte Entschuldigungen auszudenken.*
- *Weil ich ein riesiger Schisser bin.*

Mutter am Abend der Bestattung hat mitgehen lassen und die sie noch heute in einer Zigarettenschachtel im Keller aufbewahrt. Eines Tages wird sie mit mir darüber sprechen wollen, da bin ich mir sicher. Und ich weiß schon, was sie zu mir sagen wird: »Wenn ich sterbe, verstreu meine Asche bitte dort, wo auch Papas Asche verstreut worden ist. Und tu auch ein bisschen was von meiner Asche zu seiner in die Schachtel. Damit wir beide im Tode vereint sind.« Ich weiß, eines Tages wird sie das zu mir sagen. Und ich weiß, an dem Tag werde ich weinen. Manche Schläge erahnt man lange bevor sie einen treffen. Genau solche Schläge halten einen davon ab zu leben.

Nicht die Gegenwart meines Vaters auf diesem Stück Grün tat weh, sondern die Tatsache, dass er nirgendwo sonst gegenwärtig war. »Hallo Papa.« Sollte ich es laut sagen? Ein lautes, deutliches »Hallo Papa«? Oder sind die Toten imstande, unsere Gedanken zu hören? Ich tendierte zu der zweiten Annahme und begrüßte ihn still.

»Papa, ich habe Schuld auf mich geladen. Ich weiß, dass ich meine Kinder sehr unglücklich mache, weil ich ihre Mutter nicht liebe, wie ich sollte. Élise hat geweint neulich. Die beiden Jungs taten so, als würden sie damit schon fertig werden, aber irgendwann hat auch Antoine die Tränen nicht mehr zurückhalten können. Was bin ich für ein Vater, der seinen Kindern so etwas antut? Ich habe mal gelesen, das schönste Geschenk, das ein Vater seinen Kindern machen kann, ist, deren Mutter zu lieben. Wenn man die Dinge so sieht, bin ich der Sache nicht gewachsen. Wie habt Mama und du das denn geschafft, dass ihr euch vierzig Jahre so lieben konntet?

Natürlich habt ihr euch auch gestritten, ich kann mich gut erinnern. Aber eure Liebe war irgendwie offensichtlich. Sie war gigantisch. So ist das bei mir nicht. Wie kann ich das nachleben, was ihr mir vorgelebt habt? Wie nur?«

Schweigen.

»Wie hast du es denn geschafft? Du gibst mir doch eine Antwort, oder? Ich brauche eine Antwort.«

Schweigen.

Ein Windstoß rauschte durch die Bäume entlang der Friedhofsallee.

»Papa, ich liebe dich.«

Darauf fiel ihm nun erst recht keine Antwort ein. Benommen vom Schmerz, ging ich zum Auto zurück. Von allen Orten der Welt war der Friedhof vielleicht derjenige, an dem er mir am meisten fehlte. Auf dem Weg in die Stadt dachte ich, dass es mir nie gelingen würde, an die Liebe meiner Eltern heranzureichen. Dass ein Sohn sich nicht an der Liebe, die sein Vater für seine Mutter empfunden hat, zu messen brauchte. Das war ein sinnloses Unterfangen. Eine von vornherein verlorene Schlacht.

Im Taxi setzte ich unser Gespräch fort:

»Papa, das ist ein Kampf mit ungleichen Waffen. Und das Gleiche gilt für dieses Mädchen, weißt du, von dem ich dir schon erzählt habe. Es ist ein Kampf mit ungleichen Waffen. Du rackerst dich seit Jahren ab. Wenn du, nachdem du eine Stunde im Stau gestanden hast, nach Hause kommst, schreien die Kinder rum, weil sie keine Hausaufgaben machen wollen. Die Spülmaschine muss eingeräumt werden. Deine Frau, die ebenfalls eine Stunde im Stau gestanden hat, die schon die Rechnungen bezahlt, die Zimmer aufgeräumt und was weiß ich noch getan hat, ist erschöpft vom langen Tag. Also badest du die Kinder. Du räumst die Spülmaschine ein, bringst die Bälger ins Bett. Du gehst wieder nach unten, denkst, das Tagwerk ist vollbracht, und rufst deine Mutter an, die du jeden Abend anrufst, weil es dir im Herzen wehtut, dass sie so allein ist. Du deckst den Frühstückstisch für den nächsten Tag und verbringst gut eine Viertelstunde damit, die Fernbedienung für den Fernseher zu suchen. Endlich findest du sie. Es ist zweiundzwanzig Uhr dreißig. Zeit, ins Bett zu gehen, du musst ja um sieben wieder raus. Dann begegnest du eines schönen Tages einer jungen Frau, schön wie ein Tag ohne Spülmaschine. Sie lächelt dich an. Du lächelst sie an. Ihr geht was trinken, ihr raucht Zigaretten, eine neue Welt tut sich auf. Sie öffnet sich dir mehr und mehr. Du fängst an, sie zu bewundern. Niemals würdet ihr zusammen die Spülmaschine einräumen. Niemals würdet ihr euch mit dem Großen herumschlagen, damit er seine elenden Englischhausaufgaben macht. Niemals würdet ihr euch deswegen streiten, wer jetzt staubsaugt. Niemals. Es ist ein Kampf mit ungleichen Waffen. Wie kann die Mutter deiner Kinder, deren Körper, deren Eigenarten und Fehler du in- und auswendig kennst, einem hübschen Mädchen mit leuchtenden Augen einen ebenbürtigen Kampf liefern? Einem Mädchen, aus dessen Mund dir jedes Wort neu erscheint. Aus dessen Mund dich jedes Wort bezaubert.«

Ich hielt kurz inne. Er auch. Da er meinen Ausführungen nichts hinzuzufügen hatte, beschloss ich, ihn in Frieden zu lassen. Vielleicht würden wir ein andermal weiterreden. Ich erreichte das Zentrum.

Meine Gedanken waren noch immer bei meinem Vater. Ich kurvte zerstreut durch die Gegend, als eine Hand mich heranwinkte. Ein Blick auf die Armbanduhr verriet mir, dass ich früh dran war. Ich hatte also Zeit, jemanden mitzunehmen, vorausgesetzt, dieser Jemand wollte nicht ans andere Ende der Stadt. Die Hand gehörte einer eleganten jungen Frau in einem langen schwarzen Kleid. Dafür liebe ich Samstagabende. Als sie mit dem Telefon am Ohr ins Taxi stieg, sah ich, dass sie weinte. Es war zwanzig Uhr zehn. Eindeutig zu früh für Tränen. »In die Rue Dansaert«, sagte sie mit einem Lächeln, das ihren Kummer verbergen sollte. Dann führte sie ihr Gespräch fort:

»Ich weiß. Ich weiß. Das hast du mir schon erklärt«, murmelte sie.

Den Blick auf die Straße vor mir gerichtet, fragte ich mich, was Männer und Frauen eigentlich voneinander wollten, wenn es immer nur darum ging, sich gegenseitig Leid zuzufügen. Während die junge Frau weiter telefonierte, schaute sie zum Fenster raus, damit sie meinen Blicken im Rückspiegel nicht begegnen musste, und hielt sich, um sicherzugehen, dass ich sie nicht belauschte, die Hand vor den Mund. Ich stellte das Radio so laut, dass sie ihre Unterhaltung in aller Ruhe beenden konnte. Schließlich legte sie auf. Beim Aussteigen überreichte sie mir lächelnd einen Zwanzigeuroschein: »Hübsches Lied«, sagte sie. Hübsche Frau. Traurig, aber hübsch.

Es blieb mir nicht mehr viel Zeit bis zu meiner Verabredung am Boulevard Anspach. Seit fast einem Jahr holte ich Henry um zwanzig Uhr dreißig ab, und nie war ich eine Minute zu spät gekommen. Aber nun stand ich zwischen zwei Autos in einer Allee. Der Wagen vor mir bewegte sich nicht. Kein Blinker. Nichts. Ich kapierte sehr schnell. Ein altes Pärchen wollte in eine Parklücke rein. Ich kann alte Leute am Steuer nur schwer ertragen, auch wenn ich im Prinzip denke, sie haben ein Recht auf freie Fahrt. Man wird nicht gerade toleranter, wenn man so viele Stunden hinter dem Steuer verbringt, vor allem nicht gegenüber alten Leuten. Sie fahren langsam. Setzen den Blinker eine Dreiviertelstunde vor dem Abbiegen. Strecken den Kopf raus, wenn es in eine etwas engere Kurve geht. Wenn sie an einem Stoppschild halten müssen, ist das ein Weltuntergang. Manchmal denke ich, sie warten, bis es dunkel wird, bis der Verkehr weniger geworden ist, dann erst fahren sie weiter. »Schatz, hör zu, ich komme heute Abend nicht nach Hause. Ich stehe an einem Stoppschild hinter zwei Alten. Mein Proviant reicht für zwei Tage. Aber ich weiß nicht, vielleicht wird es auch länger dauern. Sag den Kindern, dass ich sie lieb habe. Und gib meiner Mutter einen Kuss von mir.« Alte Leute am Steuer sind schrecklich. Ich kann auch die Arschlöcher nicht ausstehen, die sich ständig hineindrängeln, um so ein paar Sekunden herauszuschlagen, die ihnen nichts bringen. »Ich lasse dich nicht rein. Ich habe nämlich einen dickeren Schlitten als du. Dadurch werde ich eine halbe Sekunde früher zu Hause sein, was mich zu einem guten Ehemann und einem guten Vater macht, der den Kindern bei den Hausaufgaben hilft.« Selten erweist sich der Mensch als größeres Arschloch, als wenn er im Auto sitzt und nicht vorwärtskommt.

Sie brauchten gut zehn Minuten, um letztlich schief einzuparken. Zwanzig Uhr zwanzig. Die Sache würde ein gutes Ende nehmen. Ich würde pünktlich zu meiner Verabredung kommen. Ich schaltete das Radio aus. Denn es gibt Abende, die Stille verlangen. Und ich wollte auch Maries Stimme nachhallen lassen ... Manchmal, wenn ich im Bett lag, wollte ich die Stimme meines Vaters hören. Aber es klappte nicht. Ich konnte mich zwar an die Wörter erinnern, die er gebrauchte, seine Aussprache, seinen Tonfall. Aber seine Stimme hörte ich nicht, auch sie war ausgelöscht für immer. Mit Maries Stimme ging es mir ähnlich. Und ein Wort würde reichen, und alles käme wieder an die Oberfläche. Würden unsere Körper auch so schnell wieder zusammenfinden, wenn wir zuließen, dass sie sich begegneten?

Henry war nicht da. Ich hielt in zweiter Reihe und rief ihn an. Er ging nicht ran. Nach dem dritten Läuten ertönte die enervierende Stimme einer Frau, die die Nummer aufsagte, die ich soeben gewählt hatte.

Ich stieg aus dem Auto und beschloss, bei ihm zu klingeln. Niemand öffnete. Ich klingelte noch einmal. Nichts tat sich. Ich ging zurück zum Auto, setzte mich ans Steuer und wartete. Zur Abwechslung zündete ich mir eine Zigarette an und machte das Fenster einen Spalt auf. Dieses Rendezvous hielt Henry am Leben, er konnte es nicht einfach sausen lassen, das spürte ich. Er würde auftauchen und zu mir sagen: »Tut mir leid, mir waren die Kippen ausgegangen ... Na los, mein Freund, auf in die Rue des Hortensias.«

Ich sah nach, ob er mir im Laufe des Tages eine Nachricht hinterlassen hatte, ob er versucht hatte, mich zu erreichen, um mich darüber zu informieren, dass er nicht imstande sei, unsere Vereinbarung einzuhalten. Jedes Mal, wenn ich auf mein Telefon blickte, fürchtete ich, es könnte der Name von Marie erscheinen, die den Entschluss gefasst hatte, unser Treffen am Sonntag abzusagen. Genauso fürchtete ich mich vor einer Nachricht von Léa, in der sie mir mitteilte, dass sie mich immer noch liebte, worauf ich wie ein Idiot überlegen würde, was ich darauf nun antworten sollte. Diese Scheißtelefone haben unser Leben verändert. Früher erfuhr man zu Hause von Katastrophen, man saß auf dem Sofa, geschützt vor den Blicken der anderen. Heutzutage spaziert man eine Straße entlang, kommt gerade aus dem Kino oder kauft neue Unterhosen, wenn das Drama über einen hereinbricht. Heutzutage können sich Dramen jederzeit ereignen. Und sie kündigen sich durch einen Klingelton an.

Ein Vibrieren zeigte mir den Eingang einer Nachricht an. »Ich komme gleich. Warten Sie auf mich. Ich muss noch was besorgen, um den Ausflug durchzustehen.« Fünf Minuten später erschien Henry mit einer Flasche Whisky in der Hand.

»Auf ins Abenteuerland«, rief er mit kräftiger Stimme und hievte seine alten Knochen in den Wagen.

»Sie tragen heute ja ganz schön dick auf!«

»Tja, das kam gerade so aus mir heraus. Manchmal rede ich halt so auf mich selbst ein, ich brauche das«, sagte er mit einem besorgniserregenden Grinsen. Und nahm den ersten Schluck.

Offenbar ermutigt von einigen Gläsern, die er sich bereits genehmigt hatte, wurde er zum ersten Mal vertraulich:

»Wie ist eigentlich Ihr Name?«

»Freut mich, dass Sie mich das fragen nach all der Zeit.«

»Besser spät als nie«, knirschte er.

»Henry, darf ich Sie was fragen? Warum fahren Sie in diese Kneipe?«

»Wegen der anderen«, antwortete er schlagfertig. »Kennen Sie Jacques Prévert?«

»Vom Namen. Aber ich habe nie was von ihm gelesen …«

»Egal, ist ja auch nicht so wichtig. Ich bewundere Jacques Prévert. Eines Tages hat ihn ein nicht besonders schlauer Journalist in einem Interview gefragt, wie ein Vollalkoholiker es schafft, Gedichte zu schreiben, sich Dialoge auszudenken und Drehbücher zu entwickeln, und Prévert hat geantwortet: ›Junger Mann, ich bin vielleicht ein Trunkenbold, aber kein Alkoholiker.‹ Der Reporter ist in Gelächter ausgebrochen und hat gerufen: ›So eine schöne poetische Definition!‹ Und Prévert hat erwidert: ›Nein, mein Herr, das ist keine poetische Definition. Ich bin kein Alkoholiker, denn der Alkoholiker liebt den Alkohol und kann nicht ohne ihn sein. Der Trunkenbold dagegen liebt den Rausch, er braucht das Gefühl der Berauschtheit. Das ist etwas völlig anderes.‹ Na ja, also ich bin auch Trunkenbold. Das heißt, es kommt schon mal vor, dass ich ein Gläschen zu viel trinke, dass ich mich richtig volllaufen lasse, aber deswegen bin ich noch kein Alkoholiker. Ich bin nämlich Trunkenbold, wie Jacques Prévert.«

»Und warum lieben Sie den Rausch so sehr?«

»Keine Ahnung. Warum lieben Sie Ihre Frau? Warum mögen Sie Äpfel und keine Birnen? Können Sie mir das sagen?

Ich kann nur so viel sagen, ich bin nicht an der Mutterbrust gestillt worden. Man hat sie mir nicht gegeben, ich kannte keine Geborgenheit. Vielleicht ist das der Grund, warum ich ein Trunkenbold und irgendwie auch ein schlechter Mensch geworden bin.«

Er überlegte einen Moment, sein Blick war leer.

»Das Problem war nicht, dass ich die Brust nicht bekommen habe«, fuhr er fort. »Das Problem war, dass meine Mutter sich gleich verdrückt hat. Die Arme hat auch kein leichtes Leben gehabt, früher habe ich das nicht verstanden, insofern tut es mir ein bisschen leid, das heißt, nicht nur ein bisschen, es tut mir sehr leid. Ich war ein Kriegskind. Ich bin 1943 geboren. Mein Vater war Österreicher. Und meine Mutter ist durchgebrannt mit meinem Vater …«

»Wie alt waren Sie da?«

»Ich war noch ein Baby.«

»Und wie sind Sie damit fertiggeworden?«

»Wie werden Sie denn damit fertig, dass Sie keine Birnen mögen? Keine Ahnung. Ich bin mir nicht mal sicher, ob man damit fertigwerden muss. So war es eben. Das Gefühl der Entbehrung wandelt sich im Laufe der Jahre, es transformiert sich. Was ich mir vorwerfen muss, ist, dass ich dieses Gefühl nicht in etwas Positives umgewandelt habe. Dass ich keine Reaktion gezeigt habe. Aber ich wusste überhaupt nicht, welche Reaktion ich hätte zeigen können.«

»Haben Sie Ihre Mutter noch einmal wiedergesehen?«

»Ja. Aber ich habe nie wieder mit ihr gesprochen. Vor ungefähr dreißig Jahren war ich in Österreich, ich hatte da einen kleinen Job. Eines Morgens bin ich in einen Bus gestiegen und in das Dorf gefahren, in dem sie wohnte. Man hat mir ihr Haus gezeigt. Und da hab ich sie gesehen, sie saß ganz allein im Garten. Ich bin nicht stehen geblieben.«

»Wieso?«

»Keine Ahnung.«

»Wie hätte Ihre Reaktion, wie Sie es bezeichnen, ausgesehen?«

»Ich hätte ihr sagen sollen, dass ich sie liebe. Ich hätte mir einen Ruck geben und es ihr sagen sollen. Das hätte mich vielleicht glücklich gemacht. Und sie im Übrigen auch. Wahrscheinlich hätte uns das Altwerden dann beiden weniger Kummer bereitet. Sie und ich, wir waren wohl nicht zum Glücklichsein geboren. Deshalb habe ich versucht, Schriftsteller zu werden. Aber das Schreiben wiegt das tatsächliche Handeln nicht auf. Das habe ich jetzt erkannt. Als ich ein kleiner Junge war, habe ich geglaubt, ich könnte der beste Fußballspieler der Welt werden. Und dann, als ich größer wurde, habe ich gedacht, ich könnte das schönste Buch auf der ganzen Welt schreiben. Ich habe verbissen daran gearbeitet. Und dann bin ich auf Rimbaud und Victor Hugo gestoßen.«

»Ich kann mir vorstellen, das war eine schmerzliche Erfahrung!«

»Nein. Ich habe trotzdem weitergemacht. Weil ich das Schreiben brauchte. Ich war kein Genie. Aber es war mir ein inneres Bedürfnis. An dem Tag, an dem man annimmt, dass man vielleicht kein Genie ist, und sich trotzdem dankbar mit dem zufriedengeben kann, was man sich aufgebaut hat, geht es einem besser. An dem Tag sagt man sich, ist doch gar nicht mal so schlecht …

Als ich klein war, dachte ich, dass Erwachsene, die in Kneipen rumhängen, nur blödes Gesindel sind. Das war falsch. In den Kneipen trifft man die, die Pech gehabt haben. Die keine Reaktion gezeigt haben als Sohn, als Mann oder als Frau. Wer in der Kneipe endet, hat bloß Pech gehabt im Leben. Das ist keine Frage der Persönlichkeit. Auch keine der Veranlagung. Und der Intelligenz schon gar nicht.«

»Lieben Sie das Leben?«, traute ich mich, ihn zu fragen.

»Ja. Sonst wäre ich schon gar nicht mehr hier. Das heißt, an sich liebe ich das Leben nicht. Aber ich mag diese klitzekleinen Glücksmomente, die es uns manchmal schenkt. Denn was ist das schon, das Glück? Die Geburt der Kinder? Vielleicht! Die erste Begegnung mit der Mutter der Kinder? Vielleicht! Ich habe keine Ahnung. Ich habe so etwas nicht erlebt. Und dann gibt es ja auch noch den ganzen Rest. Die Wünsche, die sich nicht erfüllen. Die Frage, ist man ein guter Mensch? Hat man das Zeug zum Glücklichsein? Oder quält einen das Feuer, das in einem brennt? Besinnt man sich auf irgendeine Moral? Keine Ahnung, ich habe keine Kinder.«

»Aber Sie haben doch bestimmt hübsche Abenteuer mit Frauen erlebt?«

»Ja, schon.«

»Und ist Ihnen da die Liebe nicht als etwas Schönes begegnet?«

»Doch. Aber der ganze Mist ist nichts mehr für mich.«

»Aber für die Liebe ist man doch nie zu alt!«

»Oh, guter Mann. Das ist keine Frage des Alters …«

»Aber Sie fahren doch wegen einer Frau in diese Kneipe, oder?«

»Von wegen!«

»Lügen Sie mich nicht an, ich bin mir sicher. Wenn es nur darum gehen würde, sich die Hucke vollzusaufen, könnten Sie das auch zu Hause vorm Fernseher tun. Aber es geht nicht darum, sich einfach die Hucke vollzusaufen, nicht wahr?«

»Richtig, ich fahre wegen einer Frau hin, das kann man so sagen.«

»Und was passiert dort?«

»Na ja, ich sehe sie nur an. Sonst nichts. Nur ansehen.«

»Sie reden überhaupt nicht mit ihr?«

»So ist es. Ich habe Ihnen doch gesagt, dass der ganze Mist vorbei ist.«

»Aber Sie sehen sie an ...«

»Das ist alles.«

»Und wozu soll das gut sein?«

»Das ist dazu gut, dass ich am Leben bleibe!«

»Das heißt, Sie wollen diese Frau weiter ansehen bis zu Ihrem Tod, Sie wollen ihr nicht näherkommen? Und dann, wenn der letzte Atemzug gekommen ist und es Ihnen leidtut, ihr nicht nähergekommen zu sein, sind Sie glücklich?«

»Ausgerechnet Sie wollen jetzt mit mir über Mut sprechen?«, meinte er in herausforderndem Ton.

Ich schwieg. Er trank.

»Es ist nicht so, dass ich die Wahl hätte«, setzte er hinzu.

»Ach ja? Ich glaube, man hat immer die Wahl. Oder man darf zumindest träumen. Sie könnten der Stadt den Rücken kehren und sich mit dieser Frau aufs Land zurückziehen. Sie kaufen sich ein kleines Häuschen und sind glücklich mit ihr. Sie ruft ›Schatz, das Essen ist fertig‹, wie in einer amerikanischen Serie. Am Abend kuschelt ihr euch vor dem Fernseher aneinander. Es geht euch gut. Und vielleicht fangen Sie wieder mit dem Schreiben an, verwirklichen die Träume Ihrer Jugend. Holen die verlorene Zeit nach.«

Im Prinzip erklärte ich ihm, dass er ein Leben haben könnte, das ähnlich aussah wie meines. Ein Leben, das für mich nicht mehr das richtige war.

»Sie sind jung und unerfahren. Wie viel schulde ich Ihnen?«, fragte er.

»Ist umsonst heute.«

Mit festem Blick sah er mich durch den Rückspiegel an und verschloss die Flasche mit dem Korken.

»Wissen Sie, wir alle bluten aus offenen Wunden«, sagte er. »Und sollte das bei Ihnen noch nicht der Fall sein, keine Sorge, das wird schon noch früh genug kommen! Sie brauchen dann nicht in die Apotheke zu rennen, um Pflaster zu kaufen. Nichts kann die verfluchte Wunde schließen.«

Er legte mir seine schwere Hand auf die Schulter, stieg aus dem Auto und ging davon, ohne sich noch einmal umzudrehen.

In dem Augenblick spürte ich zum ersten Mal echte Zuneigung zu ihm. Ich wusste auf einmal, was mir gleich an ihm gefallen hatte, auch wenn er mir ein Rätsel war. Ich hatte irgendwie geahnt, dass er irgendwann solche Sachen sagen würde. Dass wir uns über die Fragen verständigen würden, die mich Tag und Nacht quälten. Dass wir uns ähnlich waren, er und ich. Dass er nur etwas weniger Liebe im Leben und etwas mehr Alkohol abbekommen hatte als ich.

Was die schönsten Momente im Leben sind, hat er gefragt. Die Geburt der Kinder, die Begegnung mit der Mutter der Kinder. Ja, natürlich. Was noch? Ich erinnerte mich, wie ich stundenlang mit meinem Bruder und meinem Vater im Garten Tennis gespielt habe, an die Urlaube mit meinen Eltern auf dem Zeltplatz, meinen ersten Kuss, wie ich stundenlang im Bett gelegen und Musik gehört habe, an meine ersten Räusche, den ersten Liebeskummer, wie ich mit meinem Großvater zu einem Fußballspiel gegangen bin, an die Dia-Abende zu Hause, mein erstes Mofa, die Klassenfahrt nach Paris und die dreihundert Kilometer Rückfahrt, auf der ich mit einem Mädchen aus meiner Klasse Zungenküsse geübt habe, das erste Mal, als ich mit einer Frau geschlafen habe, meine ersten musikalischen Leidenschaften (Pixies, Bob Marley), die ersten Filme, die mich begeistert haben, die ersten Bücher. Marie. Léa. Ja, die Begegnung mit der Mutter der Kinder. Davon hat Henry gesprochen. »Hey Léa, du bist ganz allein. Ich auch. Wir können ein bisschen Zeit zusammen verbringen, wenn du magst. Na, komm …« Wahrscheinlich war das das größte Ereignis meines Lebens. Fragt sich bloß, ob die Mutter meiner Kinder auch die Frau meines Lebens ist …

* * *

Irgendwann sind die Kinder aus dem Gröbsten raus. Die Liebe ist abgeflaut. Das Haus ist fertig renoviert. Gewohnheiten sind angenommen. Wie schlägt man bloß die Zeit tot? Die Kinder haben uns all die Jahre so viel Energie abverlangt, dass wir kaum zum Durchatmen gekommen sind. Aber jetzt sind sie größer, zumindest ein bisschen. Sie führen ihr eigenes kleines Leben. Auch wenn sie uns noch brauchen, ist es nicht mehr so wie früher. Also versucht man, zu anderen Dingen überzugehen. Sich am Abend nicht allzu dämliche Filme zusammen anzuschauen. Die alte Leier vom Vater, der die Filme und Bücher, die ihn geprägt haben, mit seinen Kindern teilen möchte. Das funktioniert nur halb. Eines Abends habe ich vorgeschlagen, wir könnten uns *Der Club der toten Dichter* ansehen. Der Film ist mir sehr nahegegangen, als ich fünfzehn war. Das war 1989. Die Berliner Mauer war gefallen, die Simpsons waren geboren, Salvador Dalí und John Cassavetes gestorben. Und ich musste noch einige lange Monate warten, bis ich endlich meine Unschuld verlor. Mein Gott, die Pubertät hat ganz schön lange gedauert. Und da war es wichtig, *Der Club der toten Dichter* zu sehen. Diese Jungen, die am Abend zusammenkamen, um sich gegenseitig Gedichte vorzutragen, die die Liebe begreifen wollten und sich schworen, stark zu sein im Leben, beflügelten lange meine Fantasie.

Meine Kinder blickten gebannt auf den Bildschirm. Keines rührte sich. Wenn ich mit ihnen den Film ansah, war ich wieder fünfzehn. »Pflücke die Knospe, solange es geht. Und die Blüten, wenn sie noch prangen.« Die Gefühle, die diese Sätze fast fünfundzwanzig Jahre zuvor in mir ausgelöst hatten, waren noch die gleichen. Und als die Schüler nacheinander aufstanden, auf ihre Bänke stiegen und das berühmt gewordene »Oh Captain, mein Captain« skandierten, vergoss ich eine Träne.

»Schaut mal, Papa weint«, sagte meine Tochter zu ihren beiden Brüdern, die mich mitleidsvoll betrachteten.

»Papa, warum schaust du dir solche Filme an, bei denen du weinen musst?«, fragte der Kleine.

»Hat dir der Film gefallen, als du noch ein Teenie warst?«, setzte der Ältere ungläubig hinzu.

»Ja«, antwortete ich kühn.

»Ich verstehe echt nicht, wie einem ein Film gefallen kann, wo Typen in die Schule gehen, Bücher lesen und auf Bänke steigen. Kein fettes Auto, keine Schlägereien, keine Schimpfwörter. Nicht mal Vin Diesel spielt mit!«

»Dany Boon auch nicht«, schloss der Kleine.

Von derlei Vorwürfen belastet, beschloss ich, den Mund zu halten. Nach dem Abspann gingen wir zu Hannah Montana über, die dumme Nuss sang ihre beknackten Lieder. Kein Sex, keine Gewalt, keine Poesie. Nichts. Niemand musste weinen. Alle waren zufrieden.

Es war gegen einundzwanzig Uhr, die Nacht fing gerade erst an. Ich beförderte einen extrem hässlichen Typen, der über Gott und die Welt herzog: über das Wetter natürlich, den Verkehr, seine Frau und die Kinder. Es folgte eine Frau, die mit umständlichen Fragen herauszubekommen versuchte, ob ich auch fand, dass sie zu dick war. Ich sagte nichts Beleidigendes, aber sie war es tatsächlich. Viel zu dick, ehrlich gesagt. Ebenfalls ziemlich dick war der junge Mann, der mich bat, ihn im Schwulenviertel abzusetzen, und ich weiß noch, ich hatte das Gefühl, dass es ein Debüt für ihn war. Dann kam eine alte Dame, die nicht redete, mir jedoch jedes Mal ein breites Lächeln zuwarf, wenn unsere Blicke sich im Rückspiegel trafen. Ein Besoffener, der sich am Telefon bei seiner Frau für seine Verspätung entschuldigte, um sich telefonisch dafür zusammenstauchen zu lassen anstatt zu

Hause vor den Kindern. Ein Typ von der EU-Kommission, der mir versicherte, dass er Brüssel hasste, und zu dem ich am liebsten gesagt hätte, dass Brüssel die Typen von der EU-Kommission gleichfalls hasste. Im Morgengrauen brachte ich schließlich eine Frau über vierzig zum Flughafen, die so viele Koffer bei sich hatte, dass ich mir dachte, sie nehme ihr ganzes Leben mit. Ich wagte nicht, sie zu fragen, für wie lange sie verreiste. Auf dem Nachhauseweg fuhr ich bei einem McDonald's vorbei, der gerade aufgemacht hatte. Die Mitarbeiterin war hübsch, und mir kam die Idee, sie auf einen Kaffee einzuladen. Beinahe ohne Hintergedanken. Nur um ein paar Minuten in den Genuss zu kommen, einer Frau gegenüberzusitzen. Dafür leben Männer. Dass sie am Ende einer Nacht für ein paar Minuten einer Frau gegenübersitzen dürfen.

Sonntag

Erneut wachte ich mit einem Ständer am Morgen auf, gelobt sei Gott. Musste meine Frau also wegfahren, damit ich so etwas wieder erlebte? Wie dem auch sei, das Ereignis (denn als solches durfte man das schon bezeichnen) machte mir gute Laune. Angenehmer kann ein Tag kaum beginnen, so viel steht fest. Darüber vergaß ich fast meinen morgendlichen Gesundheitscheck. Doch ein leichtes Brennen am rechten Auge dämpfte meine Stimmung. Ich drückte erst vorsichtig, dann etwas fester am Auge herum, bis der Schmerz heftiger wurde. Ich machte das Auge auf und zu und spürte, wie meine Anspannung zunahm. Was war da für ein Dreck reingekommen? Das nun Folgende läuft nach dem immer gleichen Schema ab: Mich durchfuhr ein Schauder, ich bekam feuchte Hände, mein Magen zog sich zusammen, die Augen brannten immer mehr. Man nennt das eine Kettenreaktion. Und so hatte ich, zehn Minuten nachdem ich ein leichtes Brennen am rechten Auge festgestellt hatte, Schmerzen am ganzen Körper. Das Übliche eben … Doch ich ließ mich nicht so leicht unterkriegen. Und richtete mich an der Erinnerung an meinen steifen Schwanz auf, ich hatte den obskuren Ehrgeiz, eine positive Einstellung an den Tag zu legen. Ich stieg unter die Dusche. Als ich mich einseifte, hatte ich eine Idee. Und ich holte mir einen runter. Angstfrei und ohne Selbstvorwürfe.

Mir fiel auf, dass aus dem Onanieren, meinem Lieblingszeitvertreib zwischen fünfzehn und fünfundzwanzig, eine alte Freundin geworden war, die ich im Großen und Ganzen aus den Augen verloren hatte, die mir jedoch von Zeit zu Zeit über den Weg lief. Wann hatten die großen Abenteuer vor dem Einschlafen aufgehört, wann hatte ich die Freude am Wichsen verloren? Als junger Mensch war mein Verhältnis dazu doch ziemlich vergnügt, geradezu methodisch gewesen. Selbstbefriedigung ist im Gegensatz zu dem, was böse Zungen behaupten, wahrscheinlich das Lohnendste und Gesündeste, was uns auf dieser Welt vergönnt ist. Man braucht dazu keinen Partner, nur ein paar Minuten Zeit, der Spaß ist vollkommen umsonst, das Glück garantiert, man vergisst sich selbst und alles um sich herum. In der Tat ein Zeitvertreib, der nichts als Vorteile zu bieten hat. Das einzig Bedauerliche ist, dass man ab einem gewissen Alter nicht mehr imstande ist, gleich die nächste Runde einzuläuten … Im Übrigen ist Selbstbefriedigung auch ein recht angenehmes Mittel, um seine Gesundheit in Schuss zu halten. Im Wartezimmer meines Lieblingsarztes habe ich mir einmal einen Artikel mit dem Titel »Onanieren ist gut für die Gesundheit« durchgelesen, der erklärte, dass eine Ejakulation pro Tag das Risiko, an Prostatakrebs zu erkranken, um die Hälfte verringert. Das heißt, Onanie macht nicht nur Vergnügen, sie ist zudem eine billige Arznei, die die Lebenserwartung steigert. So ähnlich wie ein Besuch im Fitnessstudio, Schwimmen oder Zumba-Tanzen, mit dem Unterschied, dass man beim Wichsen nicht erst ins Auto zu steigen braucht und zehn Minuten einen Parkplatz suchen muss.

Ich hatte den Artikel und meine Verwunderung über seine grundlegende Annahme Léa gegenüber erwähnt:

»Wieso wird tägliches Ejakulieren denn gleichgesetzt mit täglichem Onanieren?«, hatte ich sie gefragt.

»Aber wir können doch nicht jeden Tag miteinander schlafen«, hatte sie geantwortet, als wäre das für sie ganz selbstverständlich.

Das Gespräch nahm eine ärgerliche Wendung. Ich zog den Schluss, dass meine Lebenserwartung etwas war, was meine Frau herzlich wenig kümmerte. Genauso wie mein Gesundheitszustand im Allgemeinen. Wir haben an dem Abend nicht miteinander geschlafen, und ich dachte beim Einschlafen an Prostatakrebs.

Ich sage es noch einmal, Onanieren ist bekömmlich für die menschliche Seele, besser, man tut es, als man tut es nicht. Obwohl ich denke, dass es im Grunde kein richtiger Sex ist, eher etwas davon Abgeleitetes. Freundschaft ist ja auch keine Liebe, Miley Cyrus keine Musik. So wie die Taxifahrerei kein Leben ist. Eher etwas davon Abgeleitetes …

Seit meiner Kindheit ist Sex für mich etwas Allgegenwärtiges. Es ist nicht so, dass ich davon besessen bin, überhaupt nicht. Aber eines habe ich herausgefunden: Wenn ich ficke, geht es mir gut. Wenn ich nicht ficke, geht es mir schlecht. So einfach ist das. Wenn es mir schlecht geht, kann das jede Menge Gründe haben (zum Beispiel: Ich musste zwei Lieder von Miley Cyrus hintereinander hören), aber Sex ist immer etwas, was mich nicht komplett untergehen lässt.

Sex ist etwas ganz Großes in unserem Leben. Das Einzige, worüber wir uns nicht »erheben« können, wie Philip Roth es so treffend formuliert. Sex bringt uns dazu, Verpflichtungen wie die Ehe einzugehen: In guten wie in schlechten Zeiten. Was sind die guten? Die, in denen wir Sex haben natürlich. Aber man darf nicht vergessen, dass der Gedanke an Sex bei Männern Angst und Schrecken auslöst. Unsinn, sagen jetzt alle. Den Männern wird dabei doch nicht viel abverlangt. Doch die Wahrheit ist, dass wir uns einer ständigen Herausforderung zu stellen haben, die Frauen entgeht: Wir müssen einen hochkriegen. Strammstehen. Ein Leben lang. Für den Fall eines Falles, dass die Frau Lust bekommt. Wir müssen hart sein. Einen hochzukriegen ist nun aber mit einigen Anstrengungen verbunden. Nicht immer, mitunter erwacht das Tier im Manne auch ohne dass man es gerufen hat. Doch im Laufe der Jahre entwickelt sich die Sache zu einer Qual, die nach dem Abendessen anfängt und sich den ganzen Abend bis zum Ende des Films fortsetzt. Sie erreicht ihren Höhepunkt, wenn man den Fernseher ausgemacht hat, Stufe für Stufe die Treppen hochsteigt und sich fragt: »Wenn ich jetzt gleich ins Schlafzimmer komme, wenn ich sie ausgezogen und gestreichelt habe, werde ich einen hochkriegen, ja oder nein?«

Und da wundere ich mich, wenn mir manchmal ein bisschen die Hoden wehtun.

Ich habe immer Lust auf Sex, aber ob ich einen hochkriege, hängt nicht davon ab, ob ich Lust habe. Es hängt von einem Schwellkörper ab. Und nun versuchen Sie mal, ja, Sie sind gemeint, einen körperlichen Vorgang zu steuern, der so unkontrollierbar ist wie Ihr Blutdruck. Geben Sie ihm Befehle, ich kann Ihnen sagen, es funktioniert nicht. Männer verbringen ihr Leben damit, sich zu fragen, ob sie beim nächsten Mal noch einen hochkriegen. Denn sie wissen, der Tag wird kommen, an dem diese ungeheuren Sinnesfreuden nur noch eine großartige Erinnerung sind.

Diese Besessenheit beeinträchtigt das Denkvermögen und hält Männer davon ab, sich der eigentlichen Herausforderung zu stellen, um die es beim Sex und in der Liebe allgemein geht: der Herausforderung, das eigene Begehren aufrechtzuerhalten. Léa und ich dachten, dass unsere Liebe für immer halten wird und wir nie aufhören würden, uns zu begehren. Dass unsere Körper wie füreinander geschaffen sind. Dass es mich immer erregen würde, wenn ich sie berührte. Dass wir uns begegnet waren, um uns aneinanderzuschmiegen, ineinanderzufügen, aufeinanderzustoßen bis in alle Ewigkeit. Heute lache ich über so viel Naivität. Denn die Lust geht verschlungene Pfade. Und wir haben den Pfad oft verloren. Als unsere Kinder auf die Welt kamen. Weil wir überarbeitet und müde waren. Weil noch so viel zu erledigen war. Weil uns das Schicksal hart getroffen hatte. Weil wir Kinder erziehen mussten. Weil die Tage endlos waren. Weil wir einander überdrüssig wurden. Der Alltag, die Müdigkeit, der Stress, das Projekt Beziehung versteckt sich hinter jedem Quatsch, damit man sich ja nicht mehr aneinanderkuscheln muss. Man schaut sich lieber einen guten Film an, als dass man das Tier im anderen weckt. Ich bildete keine Ausnahme von der Regel. Mit Léas Mutterschaft ebbte unsere sexuelle Aktivität ab. Wir waren bestenfalls noch wie all die anderen Paare, die freitagabends vögeln, um zu feiern, dass Wochenende ist. Nachdem sie geduscht, Zähne geputzt und das Licht ausgemacht haben.

Leute, die duschen, bevor sie miteinander ins Bett steigen, fand ich immer deprimierend. Als müssten sie sich erst innerlich reinigen. Ich habe immer zugelassen, dass Sex auch etwas Dreckiges sein darf.

Ich musste Léa oft daran erinnern, dass ich ein Mann war. Und dass ich noch nicht bereit war, mich geschlagen zu geben. Dass ich mit ihr schlafen wollte. Dass es sich dabei um ein fast lebensnotwendiges Bedürfnis handelte. Doch ich hatte mich an die nüchterne Wirklichkeit gewöhnt. Und auch wenn wir der schalen Gewohnheit der Freitagabende verfallen waren, kam es bei uns doch immerhin noch zu Berührungen. Was im Vergleich zu all den anderen um uns herum gar nicht mal so schlecht war. Wir standen immer noch in Körperkontakt. Es gab Schlimmeres.

Im Gegensatz zu mir hatte Léa ein vernünftiges Verhältnis zu Sex. Sie gab sich mir geradezu passiv hin, und es machte ihr Spaß. Sie kam ein einziges Mal und damit basta! Warum zum Teufel noch mehr vom Leben verlangen? Eines Tages hat sie sich mir anvertraut: »Ich hatte so eine Phase, in der ich geglaubt habe, mich dir hinzugeben ist das schönste Geschenk, das ich uns machen kann. Ich habe geglaubt, es wäre dir genug, wenn ich mich dir einfach nur hingebe. Ich habe mich wohl getäuscht ... Ich habe nicht mehr stundenlang in der Badewanne gelegen, habe nicht mehr gelesen wie verrückt, bin nicht mehr mit Freundinnen ausgegangen, hatte am Abend keine Lust mehr, eine Flasche Wein aufzumachen. Ich habe bei der ganzen Sache nicht nur dich vergessen. Ich habe auch mich vergessen.«

Vor einigen Monaten hat sich alles verändert. Wir haben wieder angefangen zu vögeln wie zwei Teenager. Wieso? Keine Ahnung. Vielleicht hat Léa etwas gespürt. Dass ich mich innerlich von ihr entfernt hatte? Dass es eine andere Frau in meinem Leben gab? Hatte sie das Gefühl, dass wir dem Punkt, an dem es kein Zurück mehr gibt, schon gefährlich nahe waren? In sexueller Hinsicht sind Frauen für Männer ein Rätsel. Und Léa, die seit sechzehn Jahren neben mir einschlief, stellte keine Ausnahme dar. Während ich meine Jugend mit Onanieren zugebracht hatte, hatte sie, wie sie mir offenbarte, dieses einsame Vergnügen nie ausprobiert. Nicht einmal in der Pubertät, um mal zu sehen, was passiert, wenn man sich hier oder da berührt.

Meine Affäre mit Marie war erst seit ein paar Wochen beendet, als ich eines Morgens nach Hause kam, fix und fertig von der Arbeit. Léa lag wach, bereit, schon bald aufzustehen und sich um die Kinder zu kümmern. Sie lächelte mich seltsam an, und ich legte mich neben sie. Ich küsste sie zärtlich auf den Mund, um ihr einen guten Morgen zu wünschen. Da presste sie ihren Mund auf meinen und leckte die Innenseite meiner Lippen. Verwundert ließ ich sie machen. Und schlief ein … Als ich wieder aufwachte, hatte ich eine Nachricht von ihr auf meinem Handy: »Weißt du was? Ich habe gestern masturbiert …« Ich war perplex. Eine weitere Nachricht ging ein. »Und hat Spaß gemacht«, fügte sie hinzu.

In den folgenden Tagen entdeckte ich die Freuden des Oralverkehrs neu, das Vergnügen, immer und überall Sex zu haben. Die Lust einer Frau, die einem geradeaus ins Gesicht sagt: »Wir werden das jetzt sehr lange machen, nur damit du Bescheid weißt.« Oder: »Ich werde dir jetzt einen blasen.« Oder: »Nimm mich jetzt, fick mich, nimm meinen Arsch.« Innerhalb einer Woche hatte sie ihre Körperlichkeit wieder entdeckt. Sie brauchte dazu keine Pornos oder Internet-Tutorials. Nein, sie hatte im Zuge eines Energieschubs mit einigen Handgriffen ganz einfach geweckt, was lange in ihr geschlummert hatte.

Wir haben im Bett gelegen und darüber geredet, sie und ich.

»Es war an einem Abend, wo du gearbeitet hast. Die Kinder waren bei meiner Mutter. Ich bin mit Freundinnen in einem Restaurant essen gegangen, was ich auch jahrelang nicht mehr getan habe. Eine von ihnen hat erzählt, dass sie sich jeden Abend selbst befriedigt, bevor ihr Typ nach Hause kommt. Es kam mir so vor, als würde sie sich irgendwie benehmen wie ein kleines Mädchen. Aber ich weiß nicht, das hat wohl etwas in mir bewirkt. Im Grunde habe ich mich einsam gefühlt.«

»Das tut mir leid«, sagte ich.

»Nicht so schlimm. Und ich glaube, das hat einen Prozess in mir in Gang gesetzt, ich wollte mich wieder als Frau fühlen. Nicht als Mutter, nicht als Mädchen für alles, nicht als Maurerin, die Ausbesserungsarbeiten am Haus ausführt, nicht als Dienstmädchen, das einkaufen geht, sondern als Frau. Und an dem Abend hat sich mein Bedürfnis in der Form ausgedrückt, dass ich mich sexuell ein bisschen besser kennenlernen wollte.«

»Und wie war's?«, fragte ich sie neugierig erregt.

»Ich war ein bisschen betrunken. Ich bin ins Bett gegangen, vielleicht ein bisschen trauriger als sonst. Dabei ging's mir eigentlich gut. Aber ich konnte nicht einschlafen. Erinnerst du dich an dieses Öl, das du mir geschenkt hast und das wir nie benutzt haben?«

An unseren alten Gewohnheiten verzweifelnd, hatte ich ihr einmal ein Massageöl geschenkt. Sie hatte gelächelt und das Fläschchen dann in einer Schachtel verstaut, die sie auf ihren Kleiderschrank stellte, wo es seine letzte Ruhestätte fand.

»Ich lag da mit weit aufgerissenen Augen«, fuhr sie fort. »Und mein Blick fiel auf diese Schachtel. Ich bin aufgestanden, ich habe das Fläschchen genommen und den Beipackzettel gelesen, damit ich nicht blöd dastehe, wenn wir eines Abends eventuell davon Gebrauch machen sollten. Auf einmal hatte ich Lust, das Öl auszuprobieren. Ich machte ein paar Tropfen auf meine Klitoris und los ging's …«

Ich hörte zu, ohne sie anzusehen. Ich fürchtete zu sehr, meine Blicke könnten sie einschüchtern, oder sie könnte sich geringschätzig beurteilt fühlen. Ich wollte hören, wie es weiterging.

»Ich glaube, hinter dem Ganzen steckt ein Bedürfnis nach Unabhängigkeit. Wahrscheinlich wollte ich nicht auf dich warten, warten, bis du mir Lust bereitest. Ich wollte mir wohl beweisen, dass ich Lust auch ganz allein empfinden kann. Ich musste allein den Ausweg aus der Sackgasse finden, in die ich hineingeraten war. Ich wollte mich in meiner eigenen Haut wieder wohlfühlen, ich brauchte das nur für mich. Das war eine Art, sich damit abzufinden, dass du dich seit langem von mir entfernt hast. Und es hat mir gutgetan. Fürs erste Mal war ich zufrieden, die Sache war nicht nach hinten losgegangen …«

»Warum ist unsere Beziehung in der Hinsicht eingeschlafen?«, fragte ich sie. »Ich meine, in sexueller Hinsicht.«

»Das Ganze war einfach nicht mehr so wichtig für mich, bei all den Problemen, die auf uns lasten. Als es mir aufgefallen ist, war es schon zu spät, glaube ich … Die Termine hatten uns schon überrollt. Dabei habe ich immer gern mit dir geschlafen. Aber das war nicht mehr so wichtig. Ich habe Sex wie viele andere Sachen in die Schublade ›für später‹ gepackt, wenn ich Zeit und Energie habe, wenn ich entspannter bin. Seit ein paar Monaten denke ich ständig, ich möchte wieder mehr Frau sein … Ich habe wieder Lust, mir was Hübsches anzuziehen, mich zu kämmen, mich zu schminken. Und ich glaube, damit ist auch das sexuelle Verlangen wiedergekommen, ganz automatisch. Und weißt du was? Ich glaube, es hängt auch damit zusammen, dass die Kinder größer werden, sie schmusen nicht mehr so mit mir, mir fehlt da was. Ich muss diesen Mangel ausgleichen. Und da kommst natürlich du ins Spiel …«

Nach sechzehn Jahren Lebensgemeinschaft und unzähligen Strapazen rührte Léa mich zu Tränen. Sie meinte, vielleicht könnten wir noch mal von vorn beginnen. Daran hatte ich nun nicht mehr geglaubt. Doch langsam gab sie mir das Vertrauen in unsere Beziehung zurück. Langsam. Ganz langsam. Schritt für Schritt.

»Schon verrückt, dass uns ausgerechnet die Kinder und die Anstrengungen auseinandertreiben. Wenn ich einer jungen schwangeren Frau einen Rat geben könnte, würde ich ihr sagen: Schätzchen, pass auf, dass du Frau bleibst. Kinder sind die Frucht einer Liebe, vergiss das nicht. Und du musst unbedingt Kontakt zu dem Menschen halten, mit dem du einmal ein Kind haben wolltest.«

Wir haben an dem Abend nicht miteinander geschlafen. Wir sind sanft und engumschlungen eingeschlafen. Das war lange nicht mehr vorgekommen. Und leider ist es auch danach nicht mehr häufig vorgekommen …

* * *

Das also waren die Dinge, die mir an dem Morgen unter der Dusche durch den Kopf gingen. Ein verfluchtes Brennen am Auge hatte mir meine Erektion verdorben. Damit nicht genug. Jetzt spürte ich auch noch ein Zwicken zwischen den Rippen. Ein heftiger Schmerz, hartnäckig und böse wie ein elektrischer Schlag. Linksseitig. Ich hatte immer das Gefühl, dass bei mir die linke Seite anfälliger ist als die rechte, die aber auch nicht vollständig in Ordnung ist. Doch ich gab mir Mühe, mich nicht mit meinen Schmerzen aufzuhalten. Ich hatte Besseres zu tun.

In wenigen Stunden würde ich endlich Marie wiedersehen. Es kam nicht in Frage, diesen strahlenden Tag mit lauter Ängsten zu beginnen. Was würde ich zu ihr sagen? Wie sollte ich sie begrüßen? Wie würde ich mich fühlen, wenn sie vor mir stehen würde? Warum hatte ich sie treffen wollen?

Sollte ich ein Hemd anziehen oder einen von meinen ordinären alten Pullovern? Stellte sie sich in diesem Augenblick dieselben Fragen wie ich? Was sollte ich mit dieser Verabredung anfangen? Angesichts all dieser Probleme überlegte ich kurz, ob ich mir ein weiteres Mal einen runterholen sollte, um auf andere Gedanken zu kommen. Doch ich besann mich anders. Zweimal war genug. Ich stieg aus der Dusche und betrachtete mich einen Moment im Spiegel. Ich fand mich etwas zu dick. Mein Lächeln erstarb. Ich zog mich schnell an und beschloss, mich mit konstruktiven Dingen zu beschäftigen. Ich legte einen Tab in die Spülmaschine. Aber als ich sie einschalten wollte, fielen mir Léas Worte wieder ein: »Schalt die Maschine erst nach 22 Uhr ein, dann ist es billiger.« Egal! Mit einer gewissen subversiven Freude startete ich das Energiesparprogramm.

Ich zündete mir eine Zigarette an, klappte den Computer auf. Und widmete mich für einige Minuten dem Gedanken an einen eventuell bevorstehenden Umzug. Eine Trennung geht mit Verarmung einher, das war mir vollkommen klar, und so warf ich einen Blick auf den Stand unserer Bankkonten. Sie waren leer. Ich stellte im Geiste eine Liste der Probleme auf, die die Trennung mit sich bringen würde. Wer behält das Haus? Wie sollen wir die Kinderbetreuungszeiten aufteilen? Muss ich in der Nähe wohnen bleiben, damit ich die Kinder zur Schule bringen kann? Wenn ich aber um die Ecke wohne, läuft mir meine Frau mit ihrem neuen Typen über den Weg! Wenn ich an ihrem Haus vorbeikomme, schaue ich bestimmt mal durchs Fenster, um zu sehen, ob sie sich mit dem Neuen einen unserer Lieblingsfilme anguckt. Ob sie im Wohnzimmer tanzt zu einem Lied, das ihr für immer in Erinnerung bleiben wird. Wie ist das mit den Unterhaltszahlungen? Wie organisiere ich das mit den Kindern, wenn ich nachts immer arbeite? Ein Leben ohne Léa konnte ich mir noch vorstellen. Doch sie mit einem anderen Typen im Bett zu wissen, das ging über meine Kräfte. Das ist das Problem des Nicht-loslassen-Könnens. Und die Moral von der Geschichte: Wenn du glücklich sein willst, setze keine Kinder in die Welt. Und verliebe dich bloß nicht. Sei ein Arschloch, gehe keine Beziehungen ein. Ich wäre wirklich gern ein Arschloch gewesen. Aber ich habe es nicht geschafft.

Und dann ist da auch noch meine Mutter. Es wäre ein harter Schlag für sie, wenn ich mich von Léa trennen würde. Sie hat den Tod meines Vaters noch gar nicht verkraftet. Sie trauert wie am ersten Tag. Meine Eltern waren immer eins. Wenn man nicht eines Tages als die eine Hälfte von etwas dastehen will, das nicht mehr ist, darf man niemals einen solchen Fehler begehen. Ich erstarre im Angesicht ihres Kummers. Ihr Leid erschüttert mich.

Mein Vater war neunundfünfzig, als er gestorben ist. Ein unerhörtes Alter zum Sterben. Wenn ich im selben Alter sterbe wie er, bleiben mir nur noch einundzwanzig Jahre zu leben. Einundzwanzig Jahre sind viel, wenn ich mir vor Augen halte, dass das bedeutet, einundzwanzig Mal mit der Familie meiner Frau Weihnachten zu feiern. Aber wenn ich daran denke, dass ich nur noch siebentausendsechshundertfünfundsechzig Tage lang die Schönheit meiner Kinder, der Frauen und der Natur betrachten darf, ist es furchtbar wenig.

Er ist an Krebs gestorben. Wie jedermann. Ich hatte gerade einen üblen Nörgler im Auto sitzen, als ich von seiner Krankheit erfahren habe. Ich konnte nicht sprechen. Meine Mutter hat mich angerufen. »Wir waren heute beim Arzt. Papa hat Krebs.« Deutlicher hätte sie sich nicht ausdrücken können. Aber die Art und Weise, wie sie es mir gesagt hat, war in Ordnung. Bei manchen Sachen bringt es nichts, drum herum zu reden. Ich gab mir Mühe, nicht auf der Stelle zusammenzubrechen, ich hatte schließlich einen Fahrgast hinten sitzen. »Mama, ich ruf dich zurück.« Was ich nicht tat an dem Abend. Ich hatte nicht den verdammten Mut dazu. Ein Jahr später war mein Vater tot. Die letzten drei Tage habe ich mit meiner Mutter und meinem Bruder bei ihm gewacht. Und gewartet, dass er stirbt. Gewartet, dass er stirbt. Gewartet, dass er stirbt. An unsere letzte Unterredung, die wir wenige Stunden vor seinem Tod führten, erinnere ich mich wortwörtlich:

»Ich habe mich für eine Feuerbestattung entschieden.«

»Ja, ich weiß, Mama hat es mir schon gesagt.«

»Kein Grab, keine Inschrift.«

»Wieso?«

»Um an keinen Ort gebunden zu sein. Vielleicht kann ich dadurch überall sein!«

Ich schaute ihn lange an. Er war erschöpft, mit seinen Kräften am Ende. Ich gab ihm einen Kuss auf die Stirn und ging aus dem Zimmer.

Scheiß Erinnerungen.

Meine Eltern haben sich wahnsinnig geliebt. Sie haben mir ein Beispiel gegeben, das kann man laut sagen! Sie liebten sich, ich wusste es. Ich habe es immer gewusst. Doch in den letzten Lebenstagen meines Vaters kam die Wahrheit zum Vorschein, gewaltig, erhaben und erdrückend. Sie hatten zueinander gehört, so wie wenige Leute zueinander gehören. Ich habe ihre Liebe immer vor Augen gehabt. Eine erhabene und vollkommene Einheit. Ein unerreichbares Vorbild. Doch das wusste ich damals nicht. In meiner Vorstellung liebten sich alle Leute so wie meine Eltern. Klarer Fall. Das war natürlich Quatsch. Als mein Vater im Sterben lag, kümmerte es meine Eltern wenig, dass ich dabei war, als sie miteinander redeten. Ich habe gehört, wie sie von ihrer großen Liebe sprachen. Wie sie sich zuerst voneinander verabschiedeten. Wie sie sich dann Adieu sagten. Ich habe gesehen, dass sich da zwei Menschen lieben, wie ich nie lieben werde. Wie mich nie jemand lieben wird. Bitte erklärt den Kindern, dass Beziehungen mühselig, anstrengend und schmerzensreich sind. Zeigt ihnen nicht, wie sehr ihr euch liebt. Sie kommen sonst nicht zurecht in der Liebe.

Ich drehte mich an diesem Sonntag im Kreis. Ich legte Platten auf, die ich nicht hören wollte. Ich versuchte, ein paar Zeilen in einem Buch zu lesen, auf das ich keine Lust hatte. Ich machte ein bisschen den Abwasch und staubsaugte. Ich schlug die Zeit tot, so gut es ging. Fast hätte sie mich totgeschlagen. Das Übliche eben.

Ich rief meine Mutter an, wie Léa es mir aufgetragen hatte.

»Hallo«, meldete sich eine schwache Stimme.

»Hallo, ich bin's«, sagte ich.

»Ach, wie geht's?«

»Ja, und dir, was machst du Schönes?«

»Nichts. Ich habe hier gerade sauber gemacht. Und jetzt schaue ich mir die Nachrichten im Fernsehen an.«

»Ah, okay. In Ordnung. Und sonst geht's dir gut?«

»Ja.«

»Wir dachten, wir kommen dich mal besuchen. Wann würde es dir passen?«

»Wann ihr wollt, ich habe nichts vor. Vielleicht dieses Wochenende …«

»Äh … dieses Wochenende geht's nicht. Léa und die Kinder sind nicht da, sie sind für ein paar Tage weggefahren.«

»Ach so?«, sagte sie Verdacht schöpfend, hielt sich jedoch zurück.

»Okay, ich ruf dich dann an und geb dir Bescheid, wann wir kommen können.«

»Okay.«

»Bis bald, Mama. Ich hab dich lieb.«

»Ich dich auch.«

Damit legte sie auf. So, das hatte ich auch erledigt.

Es wurde langsam Zeit für mein Rendezvous mit Marie. Ich zog meine Jeans und ein schwarzes Hemd an. Klassische Strenge. Ich putzte mir die Zähne. Und nachdem ich mich ein letztes Mal im Spiegel betrachtet und mich gefragt hatte, wie eine Frau wie sie einen Mann wie mich lieben konnte, schnappte ich mir den Autoschlüssel und fuhr los. Abergläubisch bis in die Haarspitzen, hörte ich unterwegs *Bird On The Wire* von Leonard Cohen.

Ich würde denjenigen Menschen wiedersehen, nach dem ich mich am meisten sehnte, auf den mein Körper seit fast sechs Monaten brannte. Ich würde Maries Gesicht wiedersehen, ihre Stimme hören. Und besser noch, ihren wunderbaren Duft einatmen. Zum Klang von Leonard Cohen verirrten sich meine Gedanken bis zu der Nacht, in der wir miteinander geschlafen hatten. In der wir uns wortlos ein Leben zu zweit, Kinder, ein gemeinsames Haus, Sonntagsspaziergänge, Flohmarkt- und Konzertbesuche, Strapazen, überschwängliches Glück und gegenseitige Unterstützung in einigen Katastrophenfällen versprochen hatten. Ich kehrte zurück zu dem Augenblick, in dem ich in sie eindrang.

Ich war wie immer früh dran. Das ist so eine Manie von mir. Die Bar war so gut wie leer, mit Ausnahme von einer älteren Dame, die ein Spezialbier trank. Sonst niemand, keine Musik. Nichts. Außer mir, der ich eine zunehmende Angst in der Magengrube spürte. War das wirklich eine gute Idee mit dieser Verabredung? Würde ich nicht umso mehr leiden, wenn ich hier in einer Stunde oder zwei wieder rauskäme? Wäre ich dann von einer Wahnvorstellung befreit? Oder würde sich das schmerzhafte Feuer erneut entfachen? Gab es denn auch Menschen auf dieser Welt, die sich nicht so viele Fragen stellten? Menschen, die sich wenigstens manchmal sicher waren, am rechten Ort zu sein? Die sich sicher waren, das Richtige zu tun?

Ich war hier. Es geschah jetzt. Vielleicht.

Sie kam. In derselben aufgekrempelten Jeans und demselben engen, mit Spitzen besetzten T-Shirt wie bei unserem

Kennenlernen, eine natürliche Eleganz ausstrahlend. Ich hob den Kopf. Ihr Anblick ging mir durch und durch. Ich stand auf, um sie zu begrüßen.

»Hallo«, sagte sie und zeigte ihre Zähne. Sie hielt mir jedoch nicht die Wange hin.

Wir setzten uns, ohne uns berührt zu haben. Aber ich hatte ihre wunderschönen Zähne gesehen. Ich hatte gehört, wie sie Hallo zu mir gesagt hatte. Ich hatte ihr rotes Haar, ihren göttlichen Mund und ihre Mandelaugen wiedergesehen.

»Geht's dir gut?«, fragte sie.

»Ja, ganz gut …«

Es folgte ein erstes Schweigen. Kein verlegenes Schweigen. Eher ein Moment der absoluten Ruhe, der alles oder nichts heißen konnte. Mein Herz pochte. Heftig.

»Was magst du trinken?«

»Das Gleiche wie du«, sagte sie. »Ein Weizen.«

»Ach, und wenn ich nun gar kein Weizen trinken mag?«

»Aber du magst doch eins, oder?«

»Ja …«

Es folgte ein erneutes Schweigen. Ich sprang schließlich mit einem Satz auf und marschierte zum Tresen. Während ich auf die Getränke wartete, warf ich einen kurzen Blick in ihre Richtung. Sie zündete sich eine Zigarette an. Wie konnte ich ihr widerstehen? Und warum musste ich ihr überhaupt widerstehen? Als ich die Biere brachte, fielen mir allerhand kleine Details an ihr auf, die ich vergessen hatte.

Die Art und Weise, wie sie den Zigarettenrauch ausblies. Wie sie sich mit der Zunge sanft über die Oberlippe fuhr, nachdem sie einen Schluck Bier genommen hatte. Wie sie die Augen halb schloss, wenn sie von Herzen lachte. Wie sie die Beine übereinanderschlug, den Fuß aufs Knie legte, wenn sie sich gut fühlte. So ein Film verblasst mit der Zeit, selbst wenn man ihn hundertmal abgespult hat.

Als wir über ihre Arbeit redeten, hielt sie plötzlich inne. Und stieß einen leisen Seufzer aus.

»Hmmm …«

»Was?«

»Nichts, es ist einfach schön, hier zu sein mit dir …«

Ich hätte sagen können, ich freue mich auch, dich wiederzusehen. Dann hätten wir in schönen Erinnerungen schwelgen können. Wie man es tut, wenn man sich einmal geliebt hat und wieder gemeinsam leiden möchte. Doch ich sagte es nicht. Sie saß mir gegenüber, das war mir genug. Egal, was wir uns zu sagen hatten. Nichts wirkte so stark wie ihre schlichte Gegenwart. Wenn sich der Zauber des Wiedersehens entfaltet, werden Worte überflüssig.

»Keine Sorge wegen der Gesprächspausen«, meinte sie. »Die stören mich nicht.«

»Ich weiß. Hast du einen neuen Freund?«

»Ja, ich treffe mich mit so einem Typen.«

»Und?«

»Was und? Das ist eben so ein Typ, was soll ich sonst sagen. Weißt du, letztlich seid ihr gar nicht so verschieden«, fügte sie an, bevor sie mit ernster Miene fortfuhr:

»Es ist schwierig, wenn man weiß, es gibt die große Liebe, aber man kann sie nicht ausleben. Ich versuche jetzt, mir andere Vorstellungen von der Liebe zu machen. Ich sage mir, das Ganze muss einfach nur okay sein. Es soll mich nicht langweilen. Nicht zu kompliziert sein. Und wie geht's dir so?«

»Mir geht's gut. Super!«

Sie lächelte. Mitleidig.

Unser Treffen dauerte gut eine Stunde. Wir lächelten einige Male, runzelten immer wieder die Stirn, rauchten vier oder fünf Zigaretten, tranken drei Biere und hielten beim Abschied die Tränen zurück. Es kam auch noch zu weiteren Gesprächspausen, und vieles, was wir sagten, diente allein dazu, uns vom Küssen abzuhalten. Schließlich gab sie das Signal zum Aufbruch:

»Ich muss meine Tochter abholen«, sagte sie. Als wären unsere Kinder das Einzige, was uns zu trennen vermochte.

»Okay. Es war schön, dich zu sehen. Vielleicht können wir uns ja hin und wieder schreiben?«

»Ich weiß nicht. Mal sehen.«

Sie stand auf, fasste mich am Nacken, gab mir einen Kuss auf die Wange und wandte sich zum Gehen. Reglos schaute ich ihr nach. Ich hoffte, sie würde sich umdrehen und mir ein letztes Mal winken. Doch das tat sie wie alle Frauen ihres Kalibers nicht. Sie zog es vor, die Lippen zusammenzukneifen. Zwang sich, geradeaus zu schauen. Konzentrierte sich auf jeden Schritt, der sie ein wenig weiter von mir entfernte.

»Marie, warte!«

Sie wurde langsamer, drehte sich jedoch erst um, als ich ein zweites Mal rief. Ich ging auf sie zu. Sie rührte sich nicht von der Stelle. Sie ließ die Arme herabhängen, stand ganz gerade, die Füße am Boden verankert, und zeigte keinerlei Regung. Jeder Schritt auf sie zu beschleunigte meine Herzfrequenz. Jetzt galt es zu handeln. Oder zu reden.

»Marie«, sagte ich und hatte keine Ahnung, wie es nun weiterging.

»Ja«, antwortete sie seelenruhig.

Es folgte ein Schweigen. Diesmal war es peinlich.

»Weißt du«, sagte sie zu mir, »wenn sich zwei Menschen wie du und ich nach all der Zeit wiedersehen, wenn sich der eine im anderen wiedererkennt, wenn die Unterhaltung so intensiv ist, wenn keiner der zwei sich wünscht, dass dieser Moment jemals endet, na ja, dann sagt man nicht einfach so auf Wiedersehen. Als wäre überhaupt nichts geschehen. Dann nimmt man sich wenigstens in den Arm und drückt sich ganz eng aneinander. Zur Feier dieses seltsamen Tages. Und tut sich auch noch was Gutes …«

»Komm her«, sagte ich und öffnete meine Arme weit.

Langsam, als wollte sie jede Sekunde auskosten, kuschelte sie sich an mich. Ich schloss die Augen. Sie legte ihr Kinn auf meine Schulter und kam mit dem Gesicht näher an meines heran. Ich spürte ihr Haar an meiner Wange, und mir stieg ihr herrlicher Duft in die Nase. Niemand roch so gut wie Marie, stellte ich wieder einmal fest. Die Nase in ihrem Haar vergraben, atmete ich tief ein und seufzte zufrieden. Sie drückte mich so fest an sich, dass ich dachte, ihre Hand will in meinen Rücken eindringen. Wir verharrten eine Weile in dieser Position. Und allmählich lockerte sie ihre Umarmung. Ich küsste sanft ihr Ohr. Sie bewegte sich nicht mehr. Ich küsste sie auf die Wange. Zärtlich, aber mit Nachdruck. Ich liebe diese Momente des totalen Bewusstseins, in denen sich die Intensität der Gefühle um ein Zehnfaches steigert.

Nun drückte sie mir einen Kuss auf den Mundwinkel. Dann drehte sie sich um und setzte ihren Nachhauseweg fort. Stumm vor Emotion und noch berauscht von ihrem Duft, sah ich sie davongehen und hörte mich schließlich sagen:

»Wir sehen uns wieder, hm?«

Sie drehte sich um, lächelte breit und deutete mit dem Finger auf mich. Als wollte sie sagen: »Hey, Süßer, es liegt an dir. Ich bin immer noch da.«

Ich spürte gar keine Schmerzen mehr.

Bereit für die nächste Nachtschicht, ging ich zurück zu meinem Wagen und dachte an das, worüber wir geredet hatten. Wie sie gelächelt, geseufzt hatte. An diesen Mann, in den sie mehr oder weniger verliebt war. An ihren flüchtigen Kuss auf den Mundwinkel. In meinem Kopf drehte sich einiges, ich hatte weiche Knie, ich glaube, ich lächelte. Sieg auf der ganzen Linie. Ich fuhr zur Tankstelle, tankte voll und kaufte mir eine Schachtel Kippen. Dann kurvte ich durch die Oberstadt und hielt nach einem ersten Fahrgast Ausschau. Bis zu meiner Verabredung um zwanzig Uhr neunundzwanzig war es noch eine Stunde. »He, Taxi!«, rief eine geschmacklos gekleidete Frau. »Zum Hôtel Manos«, sagte sie mit einer Entenstimme. Über einem zu großen roten Pullover trug sie einen Pelzmantel, dazu eine karottenfarbene Hose. Die vollkommene Verkörperung von Eleganz.

»Darf man in Ihrem Taxi rauchen?«

»Ja, tun Sie sich keinen Zwang an. Machen Sie das Fenster ein bisschen auf.«

Bei hundert Personen beschränkt man sich darauf, sie schweigend von einem Punkt zum andern zu befördern, doch dann kommt eine, die einen erschüttert und elektrisiert. Zwei einander fremde Menschen, die zusammen in einem Wagen eingeschlossen sind und nur über den Rückspiegel Blickkontakt haben, reden über irgendwas. Genau das war der Fall bei dieser Frau.

»Mir gefällt die Stadt nicht mehr«, begann sie. »Es gibt viel weniger Vögel als früher. In meinen Kindheitserinnerungen ist der Frühling eine Symphonie. Heutzutage ist er höchstens noch eine kleine Kammermusik. Es gibt so gut wie gar keine Vögel mehr.«

Normalerweise regen Nostalgiker mich auf. Aber die Eleganz, mit der sie sich weigerte, in unserer Zeit zu leben, rührte mich.

»Ich sage, mir gefällt die Stadt nicht mehr. Aber in Wirklichkeit mag ich auch das Land nicht mehr.«

»Na toll, das ist ja zum Totlachen mit Ihnen«, meinte ich amüsiert. Da fiel mir ein, dass ich seit einigen Minuten gar nicht mehr an Marie gedacht hatte. Es bestand also noch Hoffnung ...

»Vorsicht, ich bin nicht blöd, nur eine alte Nörglerin. Ich habe keine Lust, mich zu verbiegen. Das war schon in der Schule so. Und deswegen habe ich die Schule auch gehasst. Ordnung, Strenge, Engstirnigkeit. Die Schule müsste eigentlich wie ein großes Büfett sein, an dem sich jeder nach Lust und Laune bedienen kann. Man sollte sich aussuchen dürfen, was einem gefällt, Lesen, Schreiben und Rechnen ausgenommen. Doch anstelle eines Büfetts werden nur eintönige Gerichte aufgetragen, die schon so fade klingende Namen haben. Das ist ein ziemlich lächerliches System. Heutzutage werden die Leute so getrimmt, dass sie zu lauter guten kleinen Angestellten werden. Das ist schon etwas Außergewöhnliches, wir sind so weit gekommen, dass die Leute sich nach Arbeit sehnen! Schrecklich. Arbeit ist ein einziger Albtraum. *Travail*, das französische Wort für Arbeit, kommt vom Lateinischen *tripalium*, das ist ein Folterwerkzeug. Das Verb *tripaliare* bedeutet quälen. Ich weiß das, weil ich in der Schule lange Latein hatte.«

Sie lächelte und nahm die Gelegenheit wahr, sich eine Zigarette anzuzünden.

»Sind wir da einer Meinung, Sie und ich? Es wäre doch interessanter, wenn man nicht einer Arbeit, sondern einer Beschäftigung nachgehen würde, die einen richtig erfüllt. Kommt nicht in Frage, man braucht Arbeit, einen festen Job. Wozu? Weil Telefone, Fernseher und Häuser hergestellt werden müssen? Quatsch, heutzutage braucht man im Grunde nur Mülleimer, wo man die ganze Scheiße reinwerfen kann!«

»Entschuldigen Sie, aber die meisten Leute arbeiten doch nicht, um etwas herzustellen, was ihnen am Herzen liegt. Sondern um ihre Familien zu ernähren.«

»Ach ja, die Familie, das wäre dann das Nächste!«

Es gab offenbar kein Thema, auf das sie nicht sofort ansprang.

»Haben Sie Kinder?«, fragte sie mich.

»Ja, drei.«

»Und sind Sie noch mit der Mutter der Kinder zusammen?«

»Ich bin mir gerade nicht ganz sicher …«

Die Antwort schien sie nicht im Geringsten zu verwirren.

»Aha. Und finden Sie das gut? Ich meine, Kinder zu haben …«

»Das kommt ganz auf den Tag an, Madame. Haben Sie denn Kinder?«

»Ja, zwei. Aber eigentlich wollte ich überhaupt keine. Doch die Gesellschaft hat mich dazu gezwungen, welche zu bekommen. Wissen Sie, ich war zwanzig, und damals wurde man gar nicht als richtige Frau wahrgenommen, wenn man keine Kinder hatte. Das wollte ich aber, außerdem war ich noch ein bisschen naiv, also wurde ich schwanger. Sonst hätte ich keine Kinder bekommen. Ich wusste nämlich schon, wenn so ein Satansbraten erst mal da ist, ist man angeschmiert. Man beginnt, die Kinder zu lieben. Kann nicht mehr ohne sie sein. Und damit ist man sozusagen geliefert …«

»Haben Sie das Ihren Kindern gesagt?«

»Ja, natürlich. Ich habe zu ihnen gesagt, man liebt auch, ohne nach Liebe verlangt zu haben.«

»Aber ist das Leben mit Kindern nicht doch schöner?«

»Oh nein, die Kinder haben mein Leben ruiniert! Ich hätte viele andere Sachen gemacht, wenn es sie nicht gegeben hätte. Wahrscheinlich hätte ich einige meiner Jugendträume verwirklicht. Nein, sie haben mir mein Leben verbaut. Die Kinder sind immer vorgegangen, das war bei mir nicht anders als bei anderen Müttern. Und ich glaube, das war ein Fehler. Aber gut, so ist eben gewesen, so ist nun mal das Leben, ein Haufen Scheiße. Schockiert Sie das, was ich sage?«

Ich zuckte mit den Achseln.

»Ist mir auch egal«, fuhr sie fort. »Aber das Schlimmste ist, die Sache ist noch nicht vorbei. Die heutigen Frauen fordern immer mehr Freiheiten ein. Doch sie bekommen weiter massenweise Kinder. Neulich habe ich gelesen, dass die Geburtenrate in Europa in jüngster Zeit wieder angestiegen ist. Das wundert mich überhaupt nicht. Wenn ein reicher Kontinent wie Europa wieder anfängt, Kinder in die Welt zu setzen, bedeutet das, dass er im Begriff ist, ärmer zu werden. Das ist der Grund, weswegen sie uns in der Schule dieses verfluchte Büfett vorsetzen sollten: Dann würden wir nicht so viele Kinder kriegen. Afrika hat freilich die höchsten Geburtenraten. Niger, Uganda, Mali, Sierra Leone. Das hat mit dem Überlebensinstinkt zu tun. Man macht Kinder, wenn man so richtig in der Scheiße sitzt, weil man ein wenig vergessen will. Soll ich Ihnen was sagen? Kinderkriegen ist was für Arme.«

»Aber haben Sie es nicht irgendwann auch genossen? Ich meine, das Muttersein.«

»Nein. Ich habe meine Kinder geliebt. Manchmal haben sie mich zum Lachen gebracht. Ich wollte sie beschützen, und ich wollte auch, dass sie glücklich sind. Aber genossen habe ich das nicht. Vor allem die ganze Arbeit, die dazugehört, habe ich nicht genossen. Das war grauenhaft. Wenn die Kinder klein sind, kommt man ja nicht mal dazu, zum Pinkeln zu gehen. Und dann kommen sie in das Alter, wo sie gelernt haben, nein zu sagen. Und dann kommen sie in das Alter, in dem sie einen nicht mehr leiden können. Und dann kommen sie in das Alter, in dem sie einen doch wieder leiden können. Kinder wissen einfach nicht, was sie wollen. Und sie machen einen vollkommen fertig.«

Sie hatte recht, ich liebte meine Kinder auch, ohne nach dieser Liebe verlangt zu haben, und sie waren das Kostbarste, was ich hatte auf der Welt. Ich würde keinen Augenblick zögern und sterben für sie, ich, der ich den Tod doch so fürchte. Da besteht kein Zweifel. Aber ich komme auch nicht um die Frage herum, wie mein Leben ohne meine Kinder aussehen würde. Es wäre tatsächlich einfacher. Denn richtige Angst habe ich erst erfahren, als ich Kinder hatte. Was konnte mir vorher schon geschehen? Im Grunde nicht viel. War es schlimm, wenn ich den Zug verpasste? Wenn die Klospülung kaputtging? Wenn ich mein Handy verlor? Wenn ich mir einen Zeh brach? Erst die Geburt eines Kindes macht die wahre Tragödie möglich. Denn man kann sie verlieren, sie können sterben. Das ist die eigentliche Begegnung mit der Angst. Das war die Geburt all meiner Ängste.

Ich setzte meinen Fahrgast ab und fuhr Richtung Boulevard Anspach. Die etwa zehnminütige Strecke führte unweit von Maries Wohnung vorbei. Ich konnte der Versuchung nicht widerstehen und machte einen kleinen Umweg, in der Hoffnung, sie würde in dem Augenblick, in dem ich vorbeikam, aus dem Haus treten. Ich wollte sie nur ein paar Sekunden wiedersehen dürfen, heimlich. Die Umrisse ihres Körpers erkennen, bei dem mir ganz anders wurde. Doch die Haustür blieb zu. Im Wohnzimmer brannte Licht. Von der Straße aus sah ich nur die Zimmerdecke. Nicht einmal den Schatten ihrer Schönheit.

Ich stellte mir vor, wie sie mit diesem Mann, den sie liebte so gut es eben ging, auf dem Sofa lag und ein Leben ohne Abwasch und mit funktionierender Klospülung lebte. Die beiden fielen übereinander her, sobald sie sich näher als einen Meter kamen. Sie hatten immer eine gute Flasche Wein offen. Keine Einkaufslisten, einen Kühlschrank, der nie leer wurde, Klamotten, die nicht dreckig wurden, Kinder, die keine Hausaufgaben für den nächsten Tag machen mussten, perfekte Zeugnisse nach Hause brachten, immer höflich waren und nicht ins Bett gehen wollten, bevor sie nicht ihre Zimmer aufgeräumt hatten. Es gab keinen Wecker, es musste keiner ins Bett, weil keiner früh aufstehen musste. Dafür einen Hund, der nicht haarte, das Singen der Vögel und ein Radio, in dem nie Miley Cyrus lief. Die Temperatur betrug immer zweiundzwanzig Grad. Es gab nichts zu tun, außer sich's gut gehen zu lassen und zu lieben. Kinder, die auch noch als sie größer waren »Papa, ich liebe dich« sagten. Eltern, die glücklich waren. Keine Morgen, an denen man sich auf den Mund küsst, obwohl keiner wirklich Lust darauf hat.

Welch ein beschissenes Leben. Ein dummes Glück. Wirklich dumm. Aber dennoch glücklich.

* * *

Was Léa wohl in diesem Augenblick machte? Keine Ahnung. War sie eigentlich in die Bretagne gefahren? Oder in die Normandie? Ich hatte es vergessen. War sie in einer

Ferienwohnung oder in einem Hotelzimmer? Wie erlebten die Kinder diese sehr spontanen Ferien? Hatte Léa Lust, mich anzurufen? Hatte sie eine Entscheidung getroffen? Schaute sie sich bereits nach anderen Männern um, war sie im Begriff, sich bei einer Dating Site anzumelden oder all die Typen anzurufen, die ihr in den vergangenen fünfzehn Jahren begegnet waren und gar keinen so üblen Eindruck machten? Wahrscheinlich erzählte sie ihnen, dass sie jetzt frei sei. Ich versuchte, an etwas anderes zu denken, doch die Höllenmaschine war in Fahrt gekommen. Unwillentlich stellte ich mir vor, wen sie als Erstes anrufen würde. Einen Ex-Freund? Einen Arbeitskollegen? Einen gemeinsamen Freund von uns? Gibt es gegen solche Scheißgedanken eigentlich Tabletten?

Vor dem Kino an der Place de Brouckère hatte sich eine Schlange gebildet. Eine Gruppe Jugendlicher stürmte in den McDonald's. Leute, die ein bisschen länger als die anderen gearbeitet hatten, gingen alleine nach Hause. Eine hübsche Frau suchte Schutz vor dem Wind, um sich eine Zigarette anzünden zu können. Ein Arschloch in einem Geländewagen blickte von oben herab auf die Welt. Ein Polizist stand in der Mitte einer Kreuzung und verschwendete seine Lebenszeit. Die Restaurants machten auf, die Bars füllten sich. Es wurde wieder Nacht in Brüssel.

Auf dem Weg zum Boulevard Anspach erhielt ich eine SMS. Von Marie, die noch etwas zu unserem Rendezvous vom Nachmittag sagen wollte? Von Léa? Von meiner Mutter, die sich Sorgen machte, weil ich in letzter Zeit seltener anrief? Nach dem Tod meines Vaters hatte ich mir angewöhnt, sie jeden Abend gegen zwanzig Uhr dreißig anzurufen. Ein seltsames Ritual für einen achtunddreißigjährigen Sohn. Vor einigen Monaten hatte ich nun aber eine Entziehungskur begonnen, es sollte Schluss sein mit den allabendlichen Anrufen. Ich kam ganz gut ohne sie aus. Jedenfalls besser als ohne Zigaretten. Entziehungskuren waren noch nie so mein Fall. Ich bin ein Suchtmensch, basta! Es macht das Leben ein wenig leichter, wenn man das einmal akzeptiert hat.

Die SMS war von Henry. »Entschuldigen Sie, mein Freund, ich kann unsere Verabredung heute Abend nicht einhalten. Tut mir leid. Trinken Sie auf meine Gesundheit. Entschuldigen Sie nochmals. H.« Besorgt rief ich ihn sofort an, meine Hände zitterten. Es dauerte eine Weile, bis die Verbindung zustande kam. Wie immer, wenn es dringend ist. Dann läutete es, schwerfällig und langsam. Er ging nicht ran. Ich legte auf und wählte erneut seine Nummer.

Ich war fünf Minuten von seiner Wohnung entfernt. Was tun? Weiter versuchen, ihn zu erreichen und dabei den Boulevard auf- und abfahren? Die Polizei oder einen Krankenwagen verständigen? Musste ich dazu die 100 oder die 101 wählen? Ich erinnerte mich, wie meine Tochter es mir eines Tages hatte beibringen wollen: »Papa, 100 ist der Krankenwagen, weil 100 sich so nach Blut anhört. 101 sind dann die anderen.« Ich gab also Gas, wählte die 100 und sagte der Telefonistin, dass am Boulevard Anspach, Hausnummer 1243, ein Krankenwagen gebraucht werde. »Aus welchem Grund?«, fragte sie mit besonnener Stimme. »Ich weiß es nicht.« Und ich wunderte mich über mich selbst, als ich anfügte: »Ein Selbstmordversuch, wie lange werden

Sie brauchen?« Ich wartete nicht einmal ihre Antwort ab, sondern legte auf und rief wieder Henry an. Das Lenkrad in der einen Hand, das Handy in der anderen, schlängelte ich mich durch den Verkehr und lauschte dem endlos langsamen Tuten des Telefons. Ich blieb hartnäckig. Zwei Minuten. Ich war noch etwa zwei Minuten vom Ziel entfernt. Ich zitterte am ganzen Leib, als ich die 101 wählte.

»Polizei Brüssel. Guten Tag.«

»Guten Tag, Madame. Ich brauche Hilfe. Am Boulevard Anspach 1243.«

»Können Sie mir bitte erst Ihren Namen nennen?«

»Ich habe keine Zeit, Madame, es ist dringend ...«

»In Ordnung«, sagte sie ruhig. »Können Sie in ein paar Worten schildern, worum es geht?«

»Ja. Ich bin Taxifahrer. Ein Kunde hat mich gebeten, ihn abzuholen, und er hat mir soeben eine beunruhigend klingende SMS geschickt.«

»In Ordnung. Was bringt Sie auf den Gedanken, dass es sich um etwas Schlimmes handeln könnte?«

»Ich hole diesen Kunden jede Woche zur selben Zeit ab. Das passt einfach nicht zu ihm.«

»In Ordnung, Monsieur, ich schicke jemanden hin.«

Als sie die Adresse wiederholte, hatte ich endlich den Boulevard Anspach erreicht. Sie fügte hinzu: »Ich sehe gerade, dass der Krankenwagen schon unterwegs ist und die Sanitäter bereits Kontakt zu uns aufgenommen haben. Es wird gleich jemand vor Ort sein.«

An einer letzten roten Ampel wählte ich erneut Henrys Nummer. Zwecklos. Ich raste wieder los, ungefähr fünfzig Meter weiter erkannte ich vor der 1243 ein Polizeiauto mit

Blaulicht. Zwei Beamte stiegen aus dem Wagen. Einer von ihnen telefonierte. Er legte auf und wandte sich dem Hauseingang zu. Er inspizierte die Sprechanlage, während der andere an die Tür trommelte. Eine alte Dame machte ihnen auf. Sie wechselten ein paar Worte, ich sah, wie die Frau mit dem Finger auf das Treppenhaus deutete. Ich stieg aus.

Ich klopfte ebenfalls an die Tür. Die alte Frau kam zurück und öffnete mir bereitwillig.

»Guten Tag, Madame. Können Sie mir sagen, wo ein gewisser Henry wohnt?«

»Im dritten Stock. Die Polizei ist auch gerade gekommen. Was ist denn passiert?«

»Ich weiß es nicht, Madame«, sagte ich zu ihr und verschwand im Treppenhaus.

Ich war noch nicht bei der ersten Stufe angekommen, als ich von oben ein lautes Krachen hörte. Ich nahm zwei Stufen auf einmal. Meine Gedanken setzten aus. Vollkommene Leere. Angst. Im dritten Stock stieß ich auf eine angelehnte, aufgebrochene Tür. Ich lauschte, in der Hoffnung, Henrys Stimme zu hören. Doch es drangen nur dumpfe, entfernte Stimmen an mein Ohr, die ich nicht zuordnen konnte. Ich öffnete die Tür und befand mich in der Diele der Wohnung, die einst weiß gestrichen worden war. An der Decke bröckelte die Farbe. Eine nackte Glühbirne war das einzige Licht. Rechts eine geschlossene Tür, wahrscheinlich das Klo. Daneben ein Garderobenständer, an der Henrys Jacke hing und ein Hut, mit dem ich ihn nie gesehen hatte.

Ein Polizist trat aus dem rechten Zimmer und bog in das andere Zimmer am Ende des Flurs ab, das wohl der Wohnraum war.

Und plötzlich hörte ich diese Stimme.

»Da ist er. Schau. Wir haben einen Toten.«

Merkwürdigerweise stieg mir im selben Moment ein angenehmer Duft in die Nase.

Ohne mir lange die Frage zu stellen, ob ich das durfte, ging ich auf das Zimmer am Ende des Flurs zu. Auf dem Weg dorthin warf ich einen Blick in die winzige, grün gestrichene Küche mit den für Brüsseler Wohnungen typischen weißen Kacheln. Hier lebte er also. Mit all seiner Scheiße. Auf diesen paar Quadratmetern, die wahrscheinlich nie eine andere Menschenseele gesehen hatten …

Im Wohnzimmer hockten zwei Polizisten vor einem reglosen, am Boden liegenden Körper. Henry trug eines seiner üblichen Hawaiihemden. Ein Messer steckte mitten in seiner Brust. Es herrschte keinerlei Spannung im Raum, die Polizisten waren nicht in Aufregung, kein Grund zur Panik. Einer der beiden sprach in sein Telefon: »In Ordnung, wir sind jetzt vor Ort. Wir warten. Wir haben einen Toten.« In dem Moment bemerkte er mich.

»Monsieur«, sagte er und führte mich dann gleich aus dem Zimmer.

»Lebt er noch?«

»Wer sind Sie? Kennen Sie den Mann?«, fragte er, während er auf die Jacke auf dem Garderobenständer blickte.
»Ich bin sein Taxifahrer.«
»Sind Sie der Mann, der uns verständigt hat?«
»Ja.«

Er betrachtete mich ruhig. Ich erklärte noch einmal den Grund meines Hierseins.
»Bleiben Sie hier«, sagte er und griff nach seinem Telefon, das in einem am Hosengürtel befestigten Etui war. Er machte ein paar Schritte zurück, ließ mich dabei nicht aus den Augen und sagte: »Ja ... Ich bin's ... Ein Messer in der Brust. Die Tür war von innen abgesperrt ... Wir haben sie aufgebrochen ... Außerdem ist eine weitere Person hier in der Wohnung aufgetaucht.«

»Kann ich Ihren Ausweis sehen?«, sagte er zu mir. Dem Ton nach zu urteilen, galt es, keine Zeit zu verlieren.

Ich holte mein Portemonnaie hervor, zog den Personalausweis heraus und hielt ihn ihm hin. Er buchstabierte der Person am anderen Ende der Leitung meinen Namen. Gab mein Geburtsdatum und meine Adresse an. »Kannst du mal nachschauen, ob er aktenkundig ist?«, meinte er noch.

Ich spürte, wie meine Beine fast versagten, und lehnte mich gegen eine Wand. Der andere Polizist kam in den Flur und nahm Henrys Jacke vom Garderobenständer. Er durchwühlte die Taschen, fand eine Brieftasche, deren Inhalt er rasch prüfte. Er drehte sich wieder um und kehrte zu dem reglosen Körper zurück. Dann erschienen drei Sanitäter im Hausflur.

Sie schüttelten den Polizisten die Hand, als wäre überhaupt nichts passiert. Manche Berufsgruppen haben merkwürdige Angewohnheiten. Nachdem sie mit den Polizisten ein paar Worte gewechselt hatten, gingen sie in die Wohnung.

»Alles in Ordnung, Monsieur?«

»Alles in Ordnung! Lebt er noch?«, fragte ich wieder.

»Der Krankenwagen ist jetzt da. Wir werden das in aller Ruhe angehen. Alles zu seiner Zeit. Ich bin leider nicht befugt, Ihre Frage zu beantworten.«

»Aber ich habe das Messer in seiner Brust gesehen! Und ich habe auch gehört, was Sie gesagt haben! Er ist mein Freund!«

»Ihr Freund? Woher kennen Sie den Mann?«

Wieder erzählte ich meine Geschichte: Dass ich Henry dreimal die Woche, also jeden Freitag-, Samstag- und Sonntagabend abholte und in eine Kneipe am anderen Ende der Stadt fuhr.

»Welche Kneipe?«, erkundigte er sich und zückte Notizblock und Stift.

»Sie heißt ›Le jardin des fleurs‹, liegt in der Rue des Hortensias.«

»In Ordnung. Waren Sie schon einmal hier in der Wohnung?«, fuhr er fort.

»Nein. Ich bin nie raufgegangen. Wir waren immer um zwanzig Uhr dreißig verabredet, und ich habe unten gewartet. Er war immer pünktlich.«

»Was machte er in dieser Kneipe?«

»Keine Ahnung. Trinken wahrscheinlich …«

»Sie sagen, er war Ihr Freund, aber Sie wissen nicht, was er in der Kneipe wollte?«

»Nein. Also Freundschaft kann man das eigentlich nicht nennen. Ich habe ihn nur dorthin gefahren. Wie ein Taxifahrer einen Kunden eben irgendwohin fährt.«

»Ich will Ihnen nicht verheimlichen, dass der Mann eines gewaltsamen Todes gestorben ist. Was können Sie uns über ihn sagen?«

»Nicht viel. Er lebte wohl allein. Ich glaube, er war Schriftsteller oder so was in der Art.«

Je mehr Worte über meine Lippen kamen, desto klarer wurde mir, wie wenig ich über Henry wusste. Dass ich mich einem vollkommen Unbekannten verbunden fühlte. Ich war erschüttert über den Tod eines Mannes, den ich überhaupt nicht kannte.

»Hat er jemals mit Ihnen über seine Familie gesprochen, über Angehörige?«

»Nein, nie.«

»Über seine Frau oder Ex-Frau?«

»Auch nicht.«

»Haben Sie einen Schlüssel für seine Wohnung?«, fragte er und schlug plötzlich einen anderen Ton an.

»Nein. Nein. So nahe standen wir uns nicht. Das stand nie zur Debatte.«

Er schien mir zu glauben. Und fügte an:

»Hat der Mann in letzter Zeit irgendwelche besonderen Vorkommnisse in seinem Leben erwähnt?«

»Nein, nichts. Er war eigentlich nicht sehr gesprächig.«

Er bat mich, kurz vor der Wohnungstür zu warten, und erklärte, er brauche mich noch, ich solle mit aufs Revier kommen und meine Aussage zu Protokoll geben. Im Treppenhaus berichtete die Concierge einem alten Mann im Bademantel von dem Selbstmord, der die Monotonie des Sonntagabends durchbrach. Sie starrten mich an und setzten dann ihre Unterhaltung fort.

Am Telefon zog der Beamte, der mich vernommen hatte, eine vorläufige Bilanz: »Gegen zwanzig Uhr zwanzig erhielt der Taxifahrer vom Opfer eine SMS, in der das Opfer mitteilte, es könne heute Abend nicht zu der vereinbarten Verabredung erscheinen. Der Taxifahrer hat sich Sorgen gemacht und Polizei und Krankenwagen gerufen … Wir haben die Tür aufgebrochen, das Opfer lag in der Wohnung mit einem Messer in der Brust … Die Tür war von innen verschlossen. Keine Spuren einer Auseinandersetzung … Kein Abschiedsbrief. Bis jetzt haben wir jedenfalls keinen gefunden … Ja, Selbstmord. Aber ein äußerst grausamer.« Er hörte, was sein Gesprächspartner am anderen Ende der Leitung entgegnete, und wandte sich anschließend an mich: »Der stellvertretende Staatsanwalt wird in wenigen Minuten hier sein. Dann fahren wir aufs Revier und nehmen Ihre Aussage zu Protokoll. In Ordnung?«

Er erläuterte mir das weitere Vorgehen: Ermittlungsrichter, Staatsanwalt, Leichenbeschauer, Gerichtsmediziner. Aufgrund des gewaltsamen Todes werde ein Verfahren eingeleitet. Die Daten auf Henrys Mobiltelefon müssten ausgewertet, Aufnahmen vom Tatort gemacht werden. Die Suche nach Spuren einer Auseinandersetzung oder eines Einbruchs sowie nach einem Abschiedsbrief des Verstorbenen gehe weiter, man werde feststellen, ob es Schäden an Türen und Fenstern gebe, und eine Autopsie anordnen. Sobald die Arbeit des Leichenbeschauers abgeschlossen sei, werde der Leichnam ins gerichtsmedizinische Institut in der Rue de Montserrat überführt. In vierundzwanzig Stunden wisse man mehr, man halte mich auf dem laufenden.

Als der Staatsanwalt eintraf, wurde ich aufs nur wenige Minuten entfernte Polizeirevier gebracht. Unendlich langsam stieg ich die Treppen hinab. Was macht man in den Augenblicken, nachdem man einen wichtigen Menschen verloren hat? Als mein Vater gestorben war, blieb ich noch eine ganze Weile bei meiner Mutter und meinem Bruder, dann verspürte ich das Bedürfnis nach Bewegung. Ich stieg ins Auto und fuhr eine halbe Stunde durch die Gegend. Langsam. Der Tod gebietet Langsamkeit, das ist einfach so. Bevor ich meiner Mutter in die Augen sehen konnte, brauchte ich diesen Moment, um dann die richtigen Worte zu finden. Bevor ich den Mut fand, sie in meine Arme zu nehmen, was in dem Augenblick auch kein Trost gewesen wäre. Denn es gibt nichts, was man tun kann für eine Frau, die soeben ihren Mann verloren hat, selbst wenn die Frau die eigene Mutter ist.

Nie wieder würde Henry in meinem Taxi Platz nehmen. Nie wieder würde ich vor der 1243 halten und dieses komische Gefühl haben. Nie wieder würde ich seine geschwollenen kleinen Augen im Rückspiegel sehen. Nie wieder würde ich hören, wie er zu mir sagt: »Auf ins Schlaraffenland!«

Ich saß wie ein Straftäter auf der Rückbank des Polizeiautos und schaute nach draußen. Nun saß ich auch einmal hinten. Die Stadtlandschaft zog an mir vorüber. Endlich sitzen. Ich versuchte, tief durchzuatmen, entspannte mich aber dabei nicht übermäßig. Ich probierte es noch mal. Die Geschäfte machten zu, die Leute standen auf den Gehwegen und rauchten oder verschwanden in den Kneipen. Und ich saß auf der Rückbank dieses Autos und atmete tief durch.

Am liebsten hätte ich Léa eine Nachricht geschickt, um ihr zu sagen, dass ich sie immer noch liebte. Doch ich tat es nicht. Merkwürdigerweise kam mir der angenehme Geruch in Henrys Wohnung wieder in den Sinn. Er hätte den Gashahn aufdrehen und in Ruhe abwarten können, bis die schmutzige Angelegenheit erledigt war. Aber es war nicht seine Art, sanft zu entschlafen. Mit einem Schrei war er auf die Welt gekommen. Mit einem Schrei trat er von ihr ab. Kein Strick, keine Tabletten, keine Pistole, kein Gas. Nein, Henry hatte sich ein Messer ins Herz gerammt. Ich strengte mich an, mir den Augenblick nicht vorzustellen, in dem er sich aufstellte, das Messer in beiden Händen, und tief Luft holte. Den Augenblick, in dem er zum letzten Stoß ansetzte. Ich konnte es nicht begreifen. Sich mit einer Klinge in die Brust stechen. So fest, dass die Klinge den Brustkorb durchbohrt und das Herz trifft. Derartige Überlegungen muss man vorher anstellen. Wie hatte er nur auf so eine Idee kommen können?

Es war kurz vor einundzwanzig Uhr dreißig, als wir das Revier erreichten. Auf einem der Fernseher lief ein Interview mit Dany Boon. Ich überraschte mich bei dem Gedanken: »Alles in Ordnung, das Leben geht weiter.« Der Kommissar führte mich in sein Büro und setzte sich an einen Computer, der eine Ewigkeit brauchte zum Hochfahren. Er bedeutete mir, ihm gegenüber Platz zu nehmen.

»Wollen Sie nicht Ihrer Frau Bescheid sagen, dass Sie spät nach Hause kommen?«

»Nein, nicht nötig«, sagte ich, ohne näher auf das Verhältnis zu meiner Frau einzugehen.

Er fragte mich, was ich studiert hatte, wunderte sich, dass ich Taxifahrer geworden war. Er erkundigte sich, seit wann ich diesen Job machte und ob ich ihn gerne machte. Ob ich verheiratet war, wie meine Kinder hießen. Erstaunt zeigte er sich darüber, dass meine Frau für ein paar Tage weggefahren war. Er wollte die Automarke meines Taxis und meine Arbeitszeiten wissen, was ich gestern Abend gemacht hatte und heute tagsüber.

Ich verzichtete darauf, ihn zu informieren, dass ich wieder mit dem Onanieren angefangen hatte. Doch abgesehen davon, verhielt ich mich gesetzestreu und sagte nichts als die Wahrheit. Ich stellte mir vor, was er, der Kommissar, wohl studiert hatte, fragte mich, ob er Frau und Kinder hatte, und dachte, dass es Mut dazu brauchte, Tag für Tag aufzustehen in der Gewissheit, man wird sich wieder die Lebensgeschichten von verzweifelten Menschen anhören, die soeben einen Angehörigen verloren haben. Bulle zu sein, war auch so ein Scheißjob.

Nach gut einer Stunde Vernehmung (er tippte aber auch nicht gerade in Lichtgeschwindigkeit) wagte ich, meinerseits ein paar Fragen zu stellen:

»Wissen Sie, was genau passiert ist?«

»Nein, nicht genau. Die Ermittlungen laufen. Wir informieren Sie über den Stand der Dinge, wenn Sie möchten.«

»Das Messer hat mitten im Herz gesteckt, oder?«

»Ja, mitten im Herzen.«

»Haben Sie so etwas schon mal gesehen?«

»Nein, kein einziges Mal in sechzehn Berufsjahren.«

Scheiße, der Typ war seit sechzehn Jahren Bulle. An dem Abend, an dem ich Léa getroffen hatte, hatte er bei der Polizei angefangen. Ich war in ein monogames Leben mit Spülmaschine abgetaucht. Und er hatte sich verpflichtet, seine Abende mit Fällen zuzubringen, in denen sich Menschen erhängt oder vergast hatten, und eine lächerliche Schirmmütze zu tragen.

Er klärte mich auf, wie nun mit Henry verfahren werde. Bis jetzt seien keine näheren Familienangehörigen bekannt, doch man sei bemüht, entfernte Verwandte ausfindig zu machen. Sollten die Nachforschungen keine Ergebnisse zeitigen, werde seine Leiche ins Bezirksleichenschauhaus überführt.

»Und wer kümmert sich um ihn, ich meine, um die Beerdigung?«, traute ich mich zu fragen.

»Dazu kann ich noch nichts sagen, Monsieur. Wir müssen erst die Ermittlungsergebnisse abwarten. Und die Freigabe zur Bestattung durch den Staatsanwalt.«

»Und wann wird diese Freigabe erteilt? Nach der Autopsie?«

»Binnen vierundzwanzig Stunden, Monsieur.«

»Besteht die Möglichkeit, dass ich mich um das Ganze kümmere?«

»Die Möglichkeit besteht, wenn wir keine Angehörigen finden. Das würde ihm das Gemeinschaftsgrab ersparen. Sie müssten sich gegebenenfalls mit dem Bestattungsdienst vom Standesamt in Verbindung setzen. Von dem dort zuständigen Mitarbeiter erfahren Sie alles Weitere.«

Nachdem er versprochen hatte, mich am nächsten Tag anzurufen, hielt er kurz inne: »Ich würde Ihnen nicht raten, den restlichen Abend allein zu verbringen. Haben Sie jemanden, zu dem Sie gehen können? Wenn man so etwas erlebt hat, tut es gut, mit jemandem zu reden, der einem nahesteht ...«

* * *

Er begleitete mich zu meinem Auto und verabschiedete sich höflich. Dann war ich allein. Hart im Nehmen. Ich ließ den Wagen an und fuhr ziellos durch die Gegend. Beim erstbesten Spätkauf hielt ich an und besorgte mir eine Flasche Schnaps. Ich musste mich ruhigstellen. Was mir in Rekordzeit gelang, während ich langsam weiterfuhr, immer noch ziellos. Bis am Denkmal des unbekannten Soldaten ein Mann mein Taxi heranwinkte. Ich zögerte. Und bremste.

»Ich nehme Sie gerne mit, aber ich warne Sie, ich bin besoffen.«

»Schon recht«, meinte er lächelnd. »Ich hänge nicht so am Leben.«

Er bat mich, ihn ins White Hôtel in der Avenue Louise zu fahren. Und fügte hinzu:

»Die Leute regen mich auf. Heute Abend haben ein paar Freunde ein Fest für mich veranstaltet, weil sie gedacht haben, sie könnten mir damit eine Freude machen. Aber ich will nicht, dass man Feste für mich veranstaltet. Weil mich die Leute aufregen.«

»Immerhin sind Sie hingegangen, das ist doch schon mal was.«

»Ja, ich versuche jedes Mal, mir einzureden, dass es mir ja auch gefallen könnte, ich versuche, daran zu glauben. Man darf den Glauben nicht ganz verlieren, sonst geht man unter oder jagt sich eine Kugel in den Kopf. Ich versuche, Kontakt zu Leuten aufzunehmen, aber es klappt nicht. Das Einzige, was mir Spaß macht, ist, allein zu Hause Musik zu machen. Dafür habe ich alles andere geopfert.«

»Was haben Sie geopfert?«

»Alle möglichen Beziehungen. Aber ich habe mich bemüht, die Kinder zu verschonen. Für die Kinder war es wichtig, dass sie bei mir sind.«

»Sie haben bloß Ihre Kinder verschont? Und was haben Sie mit den Frauen gemacht?«

»Nicht viel im Grunde. Denn in Wirklichkeit habe ich keine allzu hohe Meinung von der ganzen Sache. Kennen Sie Cioran? Den Philosophen? Er sagt über die Liebe, sie sei die ›Begegnung zweier Speichel … Sämtliche Gefühle schöpfen ihre Unendlichkeit aus dem Elend der Drüsen.‹ Das fand ich immer hübsch und komisch zugleich. Wahr vor allem. Das Herz ist gar nicht so wichtig. Es ist nur ein Organ, das Blut im Körper verteilt. Ein Lied hat wenigstens etwas Bleibendes. Es haut eben nicht einfach ab, gibt sich keinen Launen hin, nimmt nicht stundenlang ein Bad. Ein Lied ist immer da. Es ist die immer gleiche Freude, es zu hören. Einem Menschen zu begegnen, ist dagegen nicht immer die reine Freude. Ich übertreibe ein bisschen. Es gab doch auch nette Momente.«

»Sie liegen so weit daneben, dass es fast zum Lachen ist. Verbittert zu sein, ist nicht gut«, meinte ich und nahm einen weiteren Schluck.

»Ich bin nicht verbittert, ich bin enttäuscht. Was bleibt einem anderes übrig, als vom Leben enttäuscht zu sein.«

Für den Bruchteil einer Sekunde überlegte ich, ob ich ihm erzählen sollte, was für einen großartigen Abend ich verbracht hatte. Doch ich tat vielmehr so, als wäre ich empört über seine Äußerungen.

»Finde ich nicht, dass einem nichts anderes übrig bleibt, als vom Leben enttäuscht zu sein«, gab ich zurück.

»Reden wir weiter, wenn Sie sechzig sind. Sie haben noch einiges vor sich. Es bleibt einem nichts anderes übrig, als vom Leben enttäuscht zu sein. Weil die Dinge nicht laufen, wie sie sollten.«

»Was passt Ihnen nicht am Leben?«

»Was mir am Leben nicht passt? Dass es stinklangweilig ist!«

»Sie finden es stinklangweilig?«

»Oh ja. Finden Sie es etwa aufregend? Finden Sie, dass die Leute nett und interessant sind? Finden Sie den Gedanken an morgen aufregend, weil morgen ein schöner Tag sein wird? Nein. Weil im Grunde nichts geschieht. Was kommt denn noch? Das nächste iPhone? Oder eine Smartwatch? Das ist doch kein Leben. Natürlich darf man weiter hoffen. Hoffnung kostet ja nicht viel. Aber man hat auch nichts von ihr. Glauben Sie mir, mein Junge, Ihnen steht noch ein harter Kampf bevor.«

Genau die Sorte von Typ, bei der man sich nach der Kindheit zurücksehnt. An das Bächlein denkt, das nicht weit vom Haus plätschert. An den Kirschbaum, der im Garten blüht. An die süße Nachbarstochter. An das Lächeln eines auf dem Rücken liegenden Mädchens, das »komm her« sagt. Bei der man von kleinen unbedeutenden Dingen träumen will, um diese Scheißwelt zu vergessen.

Die angebrochene Flasche war noch nicht leer. Aber mit der würde ich schon fertig werden. Nachdem ich Mister Glücklich abgesetzt hatte, fuhr ich wieder an Maries Wohnung vorbei. Es brannte kein Licht. Ich stellte mir vor, wie sie mit ihrem Lover auf dem Sofa saß. Denn es gilt die Regel: Wir können nicht anders als lieben. Wir müssen jemanden finden, der uns durch den Sturm begleitet. Wir müssen uns mit wenig zufriedengeben, um nicht allein zu verrecken. Wir müssen uns selbst weismachen, dass wir verliebt sind in Menschen, die wir nie ertragen würden, wenn wir das Glück gehabt hätten, der großen Liebe zu begegnen. Es war spät, Marie schlief vielleicht schon. Vielleicht hatte sie beim Einschlafen an mich gedacht. Vielleicht hatte sie am Computer gesessen und unsere alten E-Mails gelesen. Vielleicht war ihr dabei so warm und wehmütig ums Herz geworden wie mir. Wir hatten uns in den Armen gehalten. Uns zärtliche Worte zugeflüstert. Doch sie hatte mit dem Finger auf mich gezeigt, um mir zu bedeuten, dass es an mir lag, wenn wir nicht zueinander fanden.

Es musste fünf Uhr morgens gewesen sein, als ich nach Hause kam, mit abstehendem Hemdkragen, die Schuhe aufgeschnürt, den obersten Jeansknopf offen. Sämtliche äußerliche Anzeichen deuteten darauf hin, dass ich einen wahrlich grandiosen Abend verlebt hatte. Ich hatte mich noch zu Benjamin in eine Kneipe gesetzt, der einmal mehr bestrebt war, einer Blonden seine Zunge in den Mund zu stecken. »Du wirst sehen, es tut nicht weh«, sagte er zu ihr, als ich dazukam. Das Mädchen musterte ihn. Und gab ihm dennoch einen Kuss. Er hatte gewonnen. Wie konnte man sein Leben damit verbringen, mit irgendwelchen Mädchen in Kneipen herumzuknutschen? Er konnte es. Und es schien ihm zu gefallen.

»Ich warne dich, ich bin deprimiert«, sagte ich zu ihm, als das Mädchen sich zu seinen Freundinnen umdrehte.

»Mach dir nichts draus, so kenn ich dich! Was hast du denn schon wieder?«

»Och, gar nichts … Einer von meinen Taxikunden ist tot. Seit drei Tagen habe ich nichts mehr von Léa und den Kindern gehört. Heute Nachmittag habe ich mich mit Marie getroffen. Und außerdem spüre ich so einen Schmerz am rechten Hoden, der mir Sorgen macht.«

»Okay, wollen wir vielleicht ein Problem nach dem anderen angehen?«

»Nein, dazu ist die Nacht zu kurz«, sagte ich und bestellte uns erst mal zwei Drinks.

Ich erzählte ihm alles. Von dem Messer in Henrys Herzen, den Polizisten, dem Besuch auf dem Revier, dem Geruch in der Wohnung, der Verabredung mit Marie. Von unserer letzten Umarmung, die mich schwer erschüttert hatte. Von der Struktur ihres roten Haars, von ihrer Hand, die sich fast in meinen Rücken gebohrt hatte, unseren aneinandergepressten Wangen. Und von ihrem Finger, der auf mich gezeigt hatte.

»Und was ist mit Léa?«, fragte er mich.

»Was soll mit Léa sein?«

»Wann kommt sie wieder? Was wirst du machen?«

»Weiß nicht. Sie hat sich nicht mehr gemeldet. Aber sie müssten eigentlich heute oder morgen wieder hier sein. Léa hat gesagt, sie wollen nicht lange bleiben.«

»Du kannst sie verlassen, wenn es das ist, was du willst«, meinte er, der mir sonst nie einen Ratschlag erteilte.

»Ich weiß«, antwortete ich mit einem gezwungenen Lächeln.

Er lächelte zurück, wie nur ein Freund zurücklächelt. Als der nächste Drink vor uns stand, warnte er mich: »Aber von deinem rechten Hoden will ich nichts hören, kann ich dir sagen.«

Wir tranken. Wir redeten. Wir taten, was Freunde eben so tun. Wir rückten unsere kugelförmige Welt wieder gerade. Ausgehend von meinem mehr oder minder kugelförmigen rechten Hoden.

A Love Supreme

Der letzte Tag meines alten Lebens. So gern ich besoffen einschlafe, so ungern wache ich mit einem Brummschädel auf. Die erste Information, die an diesem Morgen zu meinem Gehirn vordrang, war, dass ich verdammte Kopfschmerzen hatte. Die zweite war, dass mein rechter Hoden immer noch wehtat, dass der Alkohol den Schmerz nicht betäubte. Und die dritte war das Klingeln des Telefons. Ich stürzte halbnackt (also in Unterhose und mit nur einer Socke an) aus dem Bett und klaubte meine am Boden liegende Hose auf, in deren Tasche das Handy steckte.

»Hallo?«

»Guten Tag, hier spricht Kommissar Lazarre. Ich habe Sie gestern Abend vernommen. Geht's Ihnen gut?«

»Ja. Ganz gut.«

An einem verkaterten Morgen sind die ersten Worte die schwersten. Während ich mich bemühte, einigermaßen deutlich zu sprechen, fiel mein Blick auf einen mitten im Zimmer thronenden Koffer. Ich erinnerte mich nicht, diesen Koffer gepackt zu haben. Doch er stand tatsächlich abreisebereit da.

Der Kommissar setzte mir die Lage auseinander und erklärte mir, was ich wissen musste. Henry war auf der Stelle tot gewesen. Er hatte sich das Messer mitten ins Herz gerammt, ein äußerst seltener Fall von Selbstmord. In seinem Telefon waren nur zwei Nummern gespeichert: meine und die der Kneipe in der Rue des Hortensias. Von etwaigen Familienangehörigen war nichts bekannt. Die Leiche stand mir also zur Verfügung, wenn ich wollte. Ich müsse mich dazu lediglich mit dem städtischen Bestattungsdienst in Verbindung setzen.

»Wenn Sie das machen, werden Ihnen sämtliche Beerdigungskosten in Rechnung gestellt, das sollten Sie wissen. Ansonsten übernimmt das der Bezirk. Ist Ihre Entscheidung.«

Ich zögerte keine Sekunde:

»Ich rufe den städtischen Bestattungsdienst an. Ich kümmere mich drum.«

»In Ordnung, der Bestattungsdienst wird Ihnen einen Termin in den nächsten achtundvierzig Stunden geben. Wenn Sie die sterblichen Überreste an sich nehmen wollen, müssen Sie bloß zu uns kommen und ein Papier unterschreiben. Sie können mich jederzeit gern anrufen, wenn Sie noch irgendwelche Informationen brauchen. Noch eine letzte Sache: Wussten Sie, dass der Mann bis vor Kurzem im Gefängnis war?«

»Nein, keine Ahnung.«

»Wann haben Sie ihn kennengelernt?«

»Ach, ich weiß nicht mehr genau. Aber das wird wohl Mitte November 2013 gewesen sein. Wieso?«

»Also der Akte zufolge ist er am elften desselben Monats aus dem Gefängnis entlassen worden.«

»Aha. Was hat er denn angestellt?«

»Mehrfache Vergewaltigung. Ich muss zugeben, seine

Akte ist ziemlich dick. Ihr Freund hat Trennungen ganz schlecht verkraftet.«

Wieder so ein Scheißtag, man gewöhnt sich einfach nicht daran. Von der Dame beim Bezirksamt wurde ich überaus freundlich behandelt. Im neuen Brüsseler Krematorium werde morgen zufällig ein Termin frei. Anscheinend hatte jemand seine Verabredung abgesagt. Aber wie konnte das sein? Dieser Jemand hatte sein Ticket bereits gebucht und dann beschlossen, doch noch ein paar Tage länger zu leben? Eine Wiederauferstehung? Oder fand die Familie des Verstorbenen die Lokalität wenig ansprechend und sah sich nun anderweitig um? Ein Termin war frei geworden, so viel stand fest. Die Einäscherung konnte am nächsten Tag um siebzehn Uhr stattfinden.

Nach dem Bezirksamt fuhr ich weiter in die Rue des Hortensias. Als ich die Tür zu der Kneipe aufstieß, wusste ich sehr genau, was ich vorhatte. Ich setzte mich an den Tresen. Ein vertrauter Ort. Der Geruch von kaltem Rauch, Bierresten, Kaffee. Schweiß. Einsamkeit. Eine Eckkneipe eben.

Und dann sah ich sie.

Ihretwegen war er also hierhergekommen. Wegen dieser sehr blonden, ein bisschen pummeligen und etwas zu stark geschminkten Frau. Sie hatte ihm wohl mit dem ersten Blick den Kopf verdreht. Eine edle Stirn, ein lustiges Kinn und die kräftigen Hände einer Frau, die Hawaiihemden und Männer mag, die sich Pomade ins Haar schmieren und richtig nach Mann riechen.

»Was wollen Sie trinken?«, fragte sie mich in dem für eine Bedienung typischen Ton.

»Ein Bier.«

Was sonst sollte der Grund gewesen sein, warum Henry hierherkam? Das subtile Flair der Einrichtung? Nein, ein Mann kennt eindeutig nur einen Grund, nachts durch die Stadt zu streifen: eine Frau. Nach dem ersten Schluck Bier eröffnete ich das Gespräch.

»Ich bin ein Freund von Henry. Kennen Sie ihn? Er ist hier öfter am Wochenende.«

»Henry. Ja, klar. Ich habe gestern mit ihm telefoniert. Er wollte vorbeischauen, aber ist dann nicht gekommen.«

»Er ist tot.«

Sie stand wie gelähmt, machte den Mund auf, brachte jedoch keinen Laut hervor. Sie fasste sich an die Stirn. Und suchte dann Halt am Wasserhahn. Sie beachtete mich zunächst gar nicht. Goss sich ein Glas Wasser ein, das sie in einem Zug hinunterkippte. Ihre Hand zitterte. Ich zündete mir eine Zigarette an. Sie auch. Ich erklärte, es sei alles organisiert für die Einäscherung am nächsten Tag. Sie versprach zu kommen. Sie hieß Danièle. Sie fragte nicht danach, wie Henry gestorben war. Manchmal sieht man gewisse Dinge schon kommen. Ich wagte nicht, mich zu erkundigen, was die beiden verband. Ich trank mein Bier aus. Notierte ihr Zeit und Ort der Trauerfeier auf einem Zettel. Mir brannte noch einmal die Frage auf den Lippen, die ich ihr so gerne gestellt hätte. Doch ich nahm mich zusammen.

Als ich die Kneipe verließ, spürte ich, dass mir nun der linke Hoden wehtat.

* * *

Kein Gottesdienst, hatte ich beschlossen. Der Parkplatz war voll, ich musste das Auto in der Straße abstellen, die am Krematorium entlangführte, das Geschäft mit dem Tod boomte, die Vorstellungen waren jeden Tag ausverkauft. Leute sterben. Haufenweise. Sie werden verbrannt. Ihre Asche wird in Urnen aufbewahrt. Man wartet auf dem Gang, bis die Trauergemeinde, die vor einem an der Reihe ist, aus dem Saal kommt. Angehörige weinen. Die nächsten Trauernden dürfen den Raum betreten. Auch sie kommen bald wieder heraus und weinen. Um wiederum Platz für die nächsten zu machen. Ein Karussell menschlichen Elends. Ein nach Tränen riechender Trauertempel mit weißen Wänden, ungemütlichen Sitzen und widerlich schmeckendem Kaffee zu zwei Euro achtzig. So ist das eben, im Leben gibt es nur zwei Anlässe, wo Geld keine Rolle spielt: Bei der Geburt und beim Tod.

Während ich nach Danièle Ausschau hielt, erregte das Gespräch zweier alter Frauen, die sich in meiner Nähe aufhielten, meine Aufmerksamkeit. Die eine stellte mit großer Befriedigung fest, dass sie sogar noch älter als die andere war. »Mir gefällt's hier, alles ist sehr sauber. Ich habe mir auch schon was anderes angeschaut. Das war eindeutig nicht so schön wie hier. Das Gebäude sieht nett aus und ist in einem guten Zustand. Das Personal macht einen sympathischen Eindruck, alles wirkt gut organisiert.«

Danièle kam entschlossenen Schrittes auf mich zu. Sie nahm mich in den Arm. Und drückte mich fest an sich.

»Monsieur Henry Malevez?«, fragte die diskrete Stimme einer Frau im Kostüm. Nun waren wir dran. In der Mitte des Raums stand der Sarg. Die Bestattungsgehilfin trat ein, gekleidet wie eine Staubsaugervertreterin, und reichte uns die Hand. Ich dachte mir, es gab doch noch beschissenere Jobs als Taxifahrer. Und sie betete ihre abgedroschenen Floskeln herunter. »Henry ist von uns gegangen …« und der ganze Mist.

Am liebsten hätte ich den Finger gehoben und gesagt: »Entschuldigen Sie, er ist nicht von uns gegangen, er ist gestorben. Wenn einer von uns geht, bricht er auf, weil er woandershin will. Sterben ist etwas ganz anderes.« Doch ich hielt den Mund. Ich hatte es eilig, hier rauszukommen. Dieser große kalte Raum, dem Toten die Ehre erweisen und anschließend noch zwei Stunden in der Cafeteria hocken und warten, bis die Leiche endgültig im Höllenfeuer verbrannt war, das war nichts für mich. Ich schwieg also. Und begnügte mich damit, diskret die Tränen zu betrachten, die Danièles Wangen hinunterrannen.

Danièle weinte immer noch, als zwei Männer Henrys billigen Sarg anpackten. Ab in den Toaster. Sie erklärte mir mit geröteten Augen, sie wolle so schnell wie möglich weg von hier. »Ich würde mich freuen, wenn Sie mir von seiner Asche was beiseitelegen und irgendwann in den nächsten Tagen vorbeibringen könnten.« Ich versprach es ihr. Sie umarmte mich ein letztes Mal. Ging davon und ließ mich mit einem Becher widerlichen Kaffees allein.

Zwei Stunden später händigte die Staubsaugervertreterin mir Henrys sterbliche Überreste aus, die sich kurz darauf auf dem Beifahrersitz meines Wagens wiederfanden. Beim Fahren warf ich immer wieder einen Blick auf die Urne. Ich fuhr zu dem Friedhof, auf dem sich die letzte Ruhestätte meines Vaters befand, an diesen Ort, von dem ich nicht wusste, was ich von ihm halten sollte. Ich näherte mich dem Stück Rasen, wo seine Asche verstreut war. Ich grüßte ihn, aber er schien keine Notiz von mir zu nehmen. Ich kniete nieder, schraubte den komischen Urnendeckel auf und kippte das, was von Henry noch übrig war, auf den Rasen. Es bildete sich ein lächerliches graues Häuflein, was wohl kaum seinem letzten Willen entsprechen konnte. Ein harmloser Vulkan in Miniaturgröße.

Ich schüttete Henrys Asche fast an derselben Stelle aus, an der ich einige Jahre zuvor die meines Vaters verstreut hatte. In solchen Situationen überkommt einen ein Gefühl des Absurden. Es ist mit dem Friedhof wie mit einem Karton, in dem man Erinnerungen aufhebt, die man hinten im Schrank versteckt: Sie ergeben das Resümee eines Lebens. Wenn man jung ist, sammelt man Fotos, Briefe, Fetischobjekte, die in den Karton wandern und ausreichen, um später, als erwachsener Mensch, Bilanz ziehen zu können. Wenn man älter wird, übernehmen Friedhöfe diese Funktion. Wer mit mir eine Stunde über diese Friedhofsalleen spaziert ist, weiß mehr über mich als die Frau, mit der ich mein Leben zusammen verbracht habe.

Es schien mir richtig, Henry hier zu beerdigen. Ich weiß nicht warum. Ich schloss die Augen und beschwor einige

Erinnerungen herauf, die ich mit meinem Freund teilte, so wie ich es beim Tod meines Vaters vor ein paar Jahren auch getan hatte.

Einige Augenblicke später, vielleicht waren es auch Minuten, schwer zu sagen, öffnete ich die Augen wieder. Ich befand mich noch immer in der Mitte des Rasens. Wahrscheinlich trampelte ich gerade auf Dutzenden von Menschenleben herum. Ich bewegte mich auf Zehenspitzen fort. Und beschloss, noch ein wenig zu verweilen bei den Toten. Ich umkreiste das Beet und ließ dieses seltsame graue Häuflein Asche dabei nicht aus den Augen. Ich blieb stehen, da, wo ich immer stehen blieb, wenn ich meinen Vater besuchen kam. Genau da, wo ich einige Jahre zuvor meine Mutter gestützt hatte. Sie umarmt hatte. Wo ich zu ihr gesagt hatte, was ich in dem Moment für richtig hielt. Genau an der Stelle, wo ich, wie ich hoffe, eine Reaktion gezeigt habe.

Mit einem Lächeln auf den Lippen stellte ich mir vor, wie mein Vater und Henry Seite an Seite eine gute Flasche Wein köpften und ausriefen: »Was für ein schönes Geräusch!« Und ich, dreifacher Familienvater, fühlte mich mit achtunddreißig immer noch nicht imstande, allein den Widrigkeiten des Alltags und den Stürmen der Liebe zu trotzen.

Die beiden schwiegen.

»Ich muss jetzt gehen«, sagte ich nach einer Weile. »Ich werde erwartet.«

Ich werde erwartet …

Auf dem Rückweg schob ich eine CD von John Coltrane in den Player. *A Love Supreme.* Sie kehren immer wieder, die Momente, in denen man das sonderbare Bedürfnis zu leiden verspürt. Als ich das Album zum ersten Mal gehört habe, war ich neunzehn. Danach ließ es mir keine Ruhe mehr. Es hat geradezu Besitz von mir ergriffen. Nicht nur, dass ich es immer wieder hörte, nein, ich musste alles von Coltrane hören. Man muss die Menschen und Lieder zu schätzen wissen, die einen lehren, dass es guttun kann, Schmerz zu empfinden. Die Platte ist drei Jahre vor Coltranes Tod in New Jersey aufgenommen worden, am 9. Dezember 1964. Von den vierzig kurzen Jahren, die er gelebt hat, hat Coltrane zweiunddreißig Minuten und sieben Sekunden damit verbracht, dieses Meisterwerk einzuspielen. Es besteht aus vier Teilen: *Acknowledgement*, *Resolution*, *Pursuance* und *Psalm.* Die Experten sagen, die Platte sei hoch spirituell, Coltrane selbst bezeichnete sie als sein »bescheidenes Geschenk an Gott«. Meine Wenigkeit kann allerdings nichts Religiöses heraushören. Ich spüre nur, wie meine Organe sich winden, meine Muskeln sich zusammenziehen, wie mein Herz seinen Rhythmus findet. Es heißt, Coltrane habe nach Reinheit und innerem Gleichgewicht gestrebt, es sollte das perfekte Geschenk sein. Ich weiß es nicht.

Allmählich verschwand der Friedhof im Rückspiegel, als ich auf Play drückte. Coltrane setzt den Ton an. Ein Beckenschlag. Das Saxophon kündigt an: Es wird eine Geschichte erzählt. Das Klavier vollzieht vorbereitende Handlungen. Das Saxophon setzt wieder ein. Melodisch, mit hohen Tönen. Es insistiert, wirbelt. Sucht seinen Platz. Sträubt sich gegen die Melodie, die Klavier und Schlagzeug ihm aufzudrängen versuchen. Immer aufgeregter, abgehackt. Als hätte es die Orientierung verloren. Es rennt gegen die Wand. Dreht sich im Kreis, sucht nach einer Lösung. Stößt spitze Schreie aus. Es kommt beinahe zum Bruch. Das Saxophon beginnt noch einmal von vorn. Aber es gerät wieder außer Kontrolle. Dann erkennt es den Weg. Es spielt diese vier Töne. Die es wiederholt. Immer wieder. Und das, was zunächst wie eine fixe Idee anmutete, reift und nimmt eine klare Form an. Das Saxophon hat einen Ausweg aus dem Irrgarten gefunden. Coltranes Stimme skandiert *A Love Supreme … A Love Supreme …* Eine höhere Liebe. In Coltrane breitet sich innere Ruhe aus. Er ist klug, er hat eine Idee und besitzt den Mut, seiner Idee zu folgen. Am Anfang hatte er nur vier lausige Töne. Die nicht mehr waren als das, was sie waren: vier lausige Töne. Coltrane ist über sie gestolpert. Er hat in sie hineingehorcht, sich mit ihnen beschäftigt, ihnen vertraut. Er hat gespürt, dass sie ihm den rechten Weg weisen. Er ist in sie eingetaucht. So entstehen Meisterwerke. Und so macht man sich das Leben schön. Indem man einer winzigen Intuition folgt. Indem man auf sich selbst vertraut. Und beschließt, sich den Abhang hinabzustürzen. Das bedeutet für mich *A Love Supreme.*

Coltrane tut nichts, was wir nicht auch tun würden. Er begibt sich auf die Suche. Er stößt auf Hindernisse. Er gibt nicht auf. Er resigniert. Und begibt sich erneut auf die Suche, wo er sich schließlich an einem Gedanken festhält. Er hat tausend Ideen, tausend Töne, tausend Geschichten verworfen. Und er hat sie alle aus einem einfachen guten Grund verworfen. Dieser Grund ist der einzige, der zählt: Coltrane ist einer inneren Notwendigkeit gefolgt.

Vor dem Haus stand Léas Auto. Es brannte Licht. Sie waren wieder da.

Ich hielt und wartete, bis das Stück zu Ende war. Bis Coltrane damit fertig war, die Phrase zu wiederholen. Nachdem der letzte Ton verklungen war, stellte ich den Motor ab. Ich warf einen Blick auf unser hübsches Häuschen, öffnete die Fahrertür und setzte den Fuß auf die Erde. Hier war ich. Und nicht anderswo. Ich schaute zum Himmel. Die Nacht war klar.

Ich griff in meine Hosentasche und zog den Schlüssel heraus. Ich drehte mich erneut zu meinem Taxi um. Noch konnte ich es mir anders überlegen, aber natürlich ging ich auf die Haustür zu.

Ich sah, wie jemand den Vorhang beiseiteschob und das Gesicht von Léa am Fenster erschien. Sie lächelte mich an. Ich verlangsamte meinen Schritt, während meine Faust den Schlüssel umklammerte. Vor der kleinen Treppe blieb ich stehen. Ich holte tief Luft und stieg die drei Stufen zur Tür hoch. Ich hielt den Schlüssel ans Schloss. Und stieß ihn kurzerhand hinein. Als ob ich mir ein Messer ins Herz stoßen würde.

Das war's. Ich bin noch am Leben.

Mit den Fingerkuppen drehte ich den Schlüssel nach rechts. Ich warf einen letzten Blick zurück und dachte, dass die Diskussion mit meinem Vater kein richtiges Ende gefunden hatte. Als ich die Tür aufdrückte, lauschte ich dem Wind.

Schweigen.

Ich beschloss, ihn für heute in Ruhe zu lassen. Vielleicht ein andermal.

Denn der Mut kommt, wie es scheint, langsam. Mit der Zeit.

Dank

Danke, Papa. Es war schön, noch mal einige Augenblicke mit dir zu erleben.

Danke, Mama. Hoffentlich stoßen wir noch auf deinen Hundertsten an!

Danke, Bruder. Lieber gehen? Oder bleiben?

Danke, Colette. Es gibt bestimmt Bessere als mich, aber ich liebe dich. Auch wenn die Sterne mal nicht so gut stehen.

Danke, Kinder. Nachdem ich das nun losgeworden bin, geht trotzdem mal eure Zimmer aufräumen.

Danke, Freunde. Vor allem danke François (du warst einmalig) und Ottavia (die mich ertragen hat, wenn ich Zweifel hatte).

Danke, Myriam Berghe, Juliette Goudot und Damien Bodart für die wertvolle Hilfe.

Danke, Anne Hislaire und Jean-Luc Cambier, die an mich geglaubt haben.

Danke, Stéphane De Groodt, der mir zu verstehen gegeben hat, dass ich das darf. Manchmal reichen schon ein paar Worte …

Danke, Brigitte Forissier und Sarah Altenloh.

Danke, Nicole, Guillaume, Malcy, Laurence und dem ganzen Team von Allary Éditions für die guten Ratschläge und das Vertrauen.

Dank all jenen, die mir auf meinen Streifzügen begegnet sind. Und ihnen einen Sinn gegeben haben.

Meine Damen und Herren, ich liebe Sie.